文庫 JA
〉

太陽の簒奪者《んだつしゃ》

野尻抱介

早川書房

5586

THE SUN USURPER
by
Housuke Nojiri
2002

Cover Direction & Design　岩郷重力＋WONDER WORKZ。
Cover Illustration　撫荒武吉

目次

太陽の簒奪者《さんだつしゃ》

プロローグ

永楽二十二年。三月上巳《かみのみ》の宵。

籠を背負った農夫が宗元の茶房に現れた。

農夫は籠をおろし、なずなを一束とりだして宗元によこした。

毎年この日、村人はこぞってなずなを刈り集める。陰干しにして灯火のそばに置けば、いい虫除けになった。

それから農夫は、参宿に新しい星が出たと告げた。

宗元は驚き、農夫をともなって街道に出た。

低い空は黄砂にかすみ、西の地平には血のような残照があった。

参星は南天の中程にかかり、これはよく見えた。

農夫の案内するままに星をたどると、目立たない、淡い星がかろうじて見えた。

昨日まであの星はなかった、と農夫はゆずらなかった。

宗元は家に戻ると、硯《すずり》と帳面を出した。日付のあとに「客星参宿に出ず」と記し、簡単な絵図もそえた。

一刻ほどして宗元は庭先に出て、西に傾いた参星からその星をもういちど辿った。

星はまだそこにあった。

翌年も、その翌年も星はそこにいた。

やがて宗元は眼を弱くし、星を見ることもなくなった。

十四年後、あの時の農夫がまた茶房に立ち寄った。

そして、星が消えたと告げた。

第一部　太陽の簒奪者

ACT・1　2006年11月9日

　高校の天文部はいまでも太陽観測を日課としている。それが日中に観測できる数少ない天体だからだ。この日、太陽は特別なゲストを迎えようとしていた。水星の太陽面通過——いわば水星による日食だった。

　大衆はもちろん惑星科学者にとっても、水星はあまり興味を引く対象ではなかった。大気現象も火山活動もないクレーターだらけの惑星だったし、近日点移動の謎は前世紀のはじめにアインシュタインが解いていた。

　だから今回の現象も、もっぱらアマチュア天文家の領分だった。人海戦術を武器とする彼らはインターネットを介して緊密に連係している。観測結果もネット上で集計され、その精度が評価される。

二年生の白石亜紀は、この精度競争に闘志を燃やしていた。天文部の予算は乏しく、待てど暮らせどビデオ機材は購入してもらえないが、眼視観測でもやればできるはずだ。成果を出せば予算獲得の道が開けるかもしれない。

校舎屋上のドームのスリットを開くと、冷たく澄んだ冬空が現れた。

「手伝って」

「はい」

後輩の男子生徒と力を合わせて、動きの悪くなったドームを回転させる。年代物の赤道儀に載った反射望遠鏡に直射光が当たり、まばゆく光る。

亜紀は接眼鏡を覗くと、すぐに言った。

「光軸合ってないね。調整した？」

「すみません、ちょっと時間なくて」

後輩がもじもじと言い訳する。

まだ間に合う。亜紀はドライバーを持ってきて主鏡の角度を直した。反射望遠鏡はたゆまぬ光軸調整のうえに成立するのだ。

天体導入をやりなおす。

口径を絞り、減光フィルターをとりつけた望遠鏡の視野のなかで、太陽の縁がゆらめいていた。

待つほどに、その一角が黒く欠けはじめた。

「はいっ！」タイミングを伝える。「第一接触」

携帯電話で時報を聞いていた後輩が時刻を記録する。亜紀が念入りに仕込んだので、脳裏で十分の一秒まで補える。

太陽と水星が外側どうしで接するのが第一接触。これはあまり正確に測れない。

亜紀は第二接触にそなえて目をこらした。

太陽面に芥子粒《けしつぶ》のような水星のシルエットが食い込んでゆく。水星が太陽面の縁から離れる瞬間を第二接触という。このとき液滴現象が発生する。したたる水滴のように、水星の影が涙滴状に見えるのだ。

もちろん、水星がそのように変形するわけではない。それは錯視の一種だった。亜紀は頭のなかで二つの円弧を補いながら、その瞬間を待った。

「は……」

「え？」絶句する亜紀に、記録係が問い返す。「どうしたんですか、先輩？」

「塔？」

水星に、塔が建っていた。

液滴現象ではない。水星はすでに第二接触を終え、太陽面の中に泳ぎだしていた。そのシルエットから細長い物体が延び、糸を引くように太陽面の縁とつながっている。物体は水星の赤道部分から立ち上がり、水星直径の約三倍まで延びたところで徐々に薄くなって消えていた。

亜紀は一年生に接眼鏡をゆずった。

「……なんですか、これ？」

その答えで充分だった。

錯覚ではない。何かが水星で始まっていた。

ACT・2　2006年12月

〝アンテナの生えた水星〟〝水星に巨大建築？〟

センセーショナルな見出しが世界を駆けめぐると、あらゆる天文台の電話が鳴りっぱなしになった。日頃無関心な大衆がその態度をひるがえすと、天文台のささやかな事務処理能力はたちまち飽和してしまう。

天文部の部長をつとめる亜紀も、その縮図のなかにあった。

それまでの亜紀は目立つ生徒ではなかった。勉強はできるほうだが、ずばぬけているわけではない。クラスの中では、宿題を忘れた生徒が三番目か四番目に頼る存在だった。

身近な目撃者に生徒や教師たちから質問が集中した。そのたびに亜紀は、記憶を元に描いたスケッチを示して説明した。見たとおりのことを語り、憶測をまじえることはしなかった。

「これが宇宙人の仕業だって本当？」

「今はなんとも言えないわ」

「宇宙人が地球を征服するって思う？」

「まだあれが人工物とは断定できないし。もっと詳しく観測しないと」

「屋上の望遠鏡でも見えたんでしょ。もっと大きな望遠鏡で見たら、すごいんじゃないの？」

そうはいかない理由を、亜紀は丹念に説明した。

水星は常に太陽のそばにあるので、日の出直前か日没直後しか観測機会がない。地平線すれすれにある水星を捉えても、大気の揺らぎが激しくて正確な観測ができない。揺らぎをキャンセルする能動光学技術を駆使しても、水星像は輪郭がわかる程度にしかならない。日中、高度が高いうちに観測する方法もあるが、そばに太陽があるのでコントラストは非常に悪くなる。

たいていの生徒は最後まで聞かずに辞去したが、亜紀は天文博士として一目置かれるようになった。人見知りしがちな性格だったが、それまで口をきいたこともなかった生徒たちを次々に相手するうち、苦手意識はなくなった。教師に説明するときには、遠回しな要求をつけ加えることさえするようになった。

「他校のようにビデオ機材があれば、科学的に意味のある観測になったんですけど」

数日のうちに亜紀は、人に教えることが、どれほど自己の知識の補強になるかを思い知った。クラスメイトはあらゆる質問をぶつけてくる。それに即答できるよう、水星の物理データから始まって軌道共鳴や潮汐力の原理、地球外文明捜索の経緯に至るまで勉強し直したのだった。

図書館で水星の写真集を見つけたときは心躍る思いがした。ボイジャー探査機が撮影したカラフルな外惑星の写真はよく出回っているが、水星の近接探査は過去に一度しか行われていないから、出版物も少なかった。

その探査機はマリナー十号で、一九七三年から翌年にかけて水星を三回フライバイし、四千百六十五枚の写真を撮影した。水星の直径はおよそ地球の三分の一で、見かけは月そっくりだったが、〝海〟と呼ばれる暗色の領域は少ない。一面がクレーターに覆われた殺風景な惑星だった。マリナーが撮影したのは表面の四十五パーセントにすぎないが、もしこの時点であの物体があれば必ず写っているはずだった。

つまり一九七三年には何も始まっていなかった。前回の太陽面通過は二〇〇三年五月だったが、このときも何も報告されていない。あの物体は、わずか三年半のうちに出現したことになる。


太陽面通過から一ヵ月後、NASAは宇宙望遠鏡の使用に踏み切った。

この高価な望遠鏡には、決して太陽近傍に向けないという運用規則があったが、今回は特例が認められた。隙間なく埋まったテレスコープ・タイムが押し開けられ、慎重な導入作業をへて水星の撮影が行われた。

発表された画像に人々は目を見張った。

それはイエローストーンの噴泉に似ていたが、規模は六桁ほど違った。地表付近では一本の棒に見え、やがて無数の粒子に分かれて宇宙空間に溶け込んでいた。

水星の磁場は地球の一パーセントほどしかないから、火山活動は終息しているとみられている。しかし同様の現象は木星の衛星イオにもあるから、自然現象として説明できなくはない。

だが人々が驚愕したのは、水星そのものの変貌だった。地表はいまや無数の線条に覆われていた。

くっきりと目立つ直線が赤道上にあり、噴泉はその一点から接線方向に〝離陸〟している。赤道の幹線から南北に樹枝状の脈がいくつも延びていた。それぞれの脈も大河が支流に分かれるように分岐を繰り返し、末端は毛細血管のように惑星全土を覆っていた。山脈はクレーターや山脈などおかまいなしに這っていたが、その周辺の土壌は明るい灰色に変質しており、寒天培地にひろがる菌類を思わせた。

噴泉はマスドライバーの一種にちがいない。赤道上の太い線条はリニアモーターのレールだろう。その幅は五十キロにもなり、クレーターの縁がなす山々をくっきりとえぐり取って平坦な走路をなしていた。

水星に大気はないから、レール上で物資を加速して解き放つだけで宇宙空間に投射できる。それは人類が未来に掲げてきた宇宙開拓絵巻のひとつで、地上の資源を宇宙に送り出す最も能率のよい方法だった。

質量の投射が間断なく続いているからには、多数のマスドライバーが独立して稼働しているのだろう。恐るべき大工事だが、投射された物資が何なのか、投射された先に何があるのかは定かでなかった。物資は水星の公転軌道の接線に沿って、軌道後方に投げられていた。それが軌道力学に従うなら、物資は太陽に向かう。ただし太陽に落下することはない。水星と太陽の間の空間に留まるはずだった。

〝水星人の露天掘か!?〟

新聞にそんな見出しが踊った。

宇宙望遠鏡の解像力では、キロメートル単位の物体しか捉えられない。乗物や住居、生物の居住を示唆するものは見いだせなかった。そこにつけ入るようにして、自称霊能力者やＵＦＯコンタクティーたちが水星人との詳細な会見録を続々と発表したが、内容はすべてまちまちだった。

識者のなかにネイティブな水星人の存在を信じた者は皆無といってよかったが、なんらかの知的存在が太陽系外から飛来したとする説は、いまや最も真剣に議論されていた。最も保守的な科学者でさえ「話にならないほど空想的だが、正気を保つにはそう考えるしかない」と述べた。

なぜ水星を選んだかといえば、金属鉱物と太陽エネルギーがともに豊富なことが挙げられた。太陽系の重力井戸の底ちかくにある水星は重元素が濃集しており、地殻のすぐ下から鉄のコアが始まっているとみられている。太陽輻射《ふくしゃ》は地球の七倍近くになり、あの大工事をまかなうには充分すぎるほどだった。

わずか一億キロ先に知的存在が出現したとなれば、黙っているわけにはいかない。

有史以来初の地球外外交を構築するために、国連が動きはじめた。畑違いの担当者が途方に暮れているところへ、耳打ちする者がいた。その手順は二十年も前に、ポ《P》スト・デ《D》ィテクション・プ《P》ロトコルという名で起草されている、と。

ＰＤＰは国際宇宙飛行連盟のもと、地球外知性《SETI》探索研究者が考案したもので、地球外文明を発見したあとの対応が規定されている。その骨子は「充分に追認して地球外文明の存在を確かめ」「国連をはじめとする関係機関とマスコミに通達し」「観測結果を広く共有し」「信号のある帯域を保護し」「勝手に返信しない」というものだった。

返信にあたっては、国連宇宙平和利用委員会、各国政府、非政府機関によってその内容が設定され、その勧告にそって国連総会で決議されるべしとする。

現時点でのＰＤＰの批准には困難が予想された。宗教の相違などもあり、世界は地球外文明に対して統一された見解を述べるほど成熟していない。窮余の一策として、ＰＤＰに「送信内容は相互の知性の存在確認にとどめる」という付帯条項をつけることになった。つまり異星文明との対話内容は「我々は知的生命体である。あなたもそうか」に限られる。その先については引き続き協議するとして、実際の通信をするための準備が始まった。

通信文はカリフォルニア大学バークレー校にあるＳＥＴＩ研究所が作成した。それは単純な素数列を示すパルスで始まり、本文では送信地点である第三惑星を記号で表現していた。素数は自然界には存在しないから、知性の存在証明には最適と信じられていた。

送信にはアレシボ電波天文台と、世界各地にあるＮＡＳＡの深宇宙ネットワークが使用された。

混信を避けるため、全世界で電波の使用が制限されると、可能なあらゆる周波数帯で水星へのメッセージ送信が始まった。送信所は地球の自転とともに次々とスイッチされた。だが、幾日待てども返答は皆無だった。あれほどの大工事なら業務通信のひとつもありそうなものだが、それすら傍受できなかった。

水星からの質量投射は続いており、やがて宇宙空間に投射された物資が、望遠鏡の観測にかかりはじめた。

望遠鏡で物資の配達先を追跡してみると、水星を脱出した粒子は太陽を中心とする半径四千万キロの円軌道に乗っていた。

そのふるまいは重力だけでは説明できない。ある科学者は粒子を平面状の鏡として、光圧による軌道修正を行うモデルを提唱した。それで挙動は説明できたが、微小宇宙船を毎秒八万トン製造するシステムは誰にも想像できなかった。

世界が困惑するなか、水星の一年――八十八地球日がすぎた頃に、事態の全容が見えてきた。

太陽をとりまく、直径八千万キロのリングが出現したのだった。

報道番組は大急ぎで模型を作って説明した。

「ここで光っている直径十四センチの電球、これが太陽です。そしてですね……」

アンカーマンが歩きはじめると、カメラは後退しながら俯瞰の構図をとった。やがて電球を中心に直径八メートルの円が現れた。円は床に対して少し傾いている。

「この円が問題のリングです。見やすいように太くしてありますが、この縮尺ですと木綿糸ぐらいの、きわめて細いものです。精密な観測では幅数キロの薄いリボン状をしていて、軌道面に対して垂直に、つまり屛みたいに立っています。リングのまわりにはガス状の物質がとりまいています」

アンカーマンはリングをくぐり、早足でスタジオの端まで歩いた。小さなテーブルに青い粒がひとつ乗っていた。

「電球から十五メートル離れました。見えますか？　この仁丹《じんたん》みたいなやつが地球です」

リングはしだいに明瞭になり、やがて肉眼でも見えるようになった。

日暮れ時になると、見通しのいい歩道橋やビルの屋上、田畑のあぜ道に人が集まって、不安げに西の空を見上げた。

日没から一時間、そして日の出前の一時間、リングは薄明の空に斜めにそびえ立ち、絹糸のように輝いた。

それは一見、木星や天王星、海王星がもつ繊維状のリングに似ていた。しかし軌道運動はしておらず、太陽に対して静止していた。太陽に落下しないのはリングがソーラーセールとして働いているからにちがいない。

リングの内面は黒に近い。それが太陽光を鉛直に受けとめると、一平方メートルあたり〇・七グラムの質量を支えられる。そのことからリングはごく薄い、アルミ箔のような物質だと考えられた。

新たな観測事実が世界を震撼させた。

リングの幅は、毎日約五十キロメートル増加している。

工事の様子は見えない。まるで植物のように、どこからともなく成長している。

この成長が続けば五十年後には見かけの幅が太陽と等しくなり、「皆既日食」が始まるだろう。それは年二回、地球の公転面とリング面が交差する五月と十一月に起きる。

リングによる皆既日食は一日で終わるが、部分日食の期間は合計二ヵ月以上になり、年間日照の十パーセントが奪われる。

気象学者の見解は危機的なものだった。

「五十年後を待つまでもない。わずかでも日照が低下すれば結氷や積雪で地球の反射率が上がり、連鎖的な寒冷化が始まるおそれがある。三年以内に氷河期の訪れを告げる最初の明白な兆候が現れてもおかしくない」

ＡＣＴ・３　２００７年９月

「亜紀すごいね。大躍進て感じ」

級友は模試の結果を見ると、言葉とは裏腹に醒めた声で言った。二年生のときから偏差値を競ってきたライバルだった。

「そうかな」

「あの日以来、変わったよね。亜紀は」

「裕美もそろそろスパートかけなきゃ」

「……それなんだけど」

進学やめるかも、と裕美は言った。

「こんなとき親から離れるの、まずいんじゃないかってさ」

「親許にいて何するの」

「わかんないけど」

「親許にいて何ができるの」

「わかんないけど」

「こんなときにじっとしてるなんて信じられないな」

「じゃあ信じなくていいよ!」

級友は口を尖らせ、教室を出ていった。

亜紀はぽかんとその背中を見送っていた。

放課後から日没後まで、リングを望遠鏡で観測するのが天文部の日課になっていたが、三年生になった亜紀はその仕事から解放されていた。

校門を出て駅に向かう。駅前には街宣車が止まっていて、車の屋根に登った男がラウドスピーカーで何かを訴えていた。亜紀はその耳障りな声を、意識の隅に追いやっていた。

まもなく世界は氷河にのみこまれる。

食糧の配給制が始まる。

異星人に皆殺しにされる。

どこか異なる世界に強制移住させられる。

人類は銀河文明に組み入れられて至福の時代を迎える。

連日さまざまな説が流布され、いやおうもなく耳目を奪う。

燃料と食糧の備蓄が叫ばれた。原発建設に拍車がかかった。宗教熱が高まった。高緯度地方の人々は国外移住を考えた。

株式市場は空前の乱高下を繰り広げていたが、つまるところ人々の心は停滞に向かっていた。来ないかもしれない明日のために、何をすればいいのか。何もせずにいるためには、何をすればいいのか。

立ち止まることなど亜紀には思いもよらなかった。

天文学を通して、亜紀は地球外に視点をおくことを身につけてきた。

人類文明はたまたま気候のいい一万年のうちに開花した。

宇宙の尺度でみれば、それは雲間から洩れたひとときの陽射しにすぎない。その上に築かれた文明など、うたかたの夢だ。

あれが異星人によるものだとしたら、なんと素晴らしいことだろう。恒星間の深淵を越えて移動し、惑星を一変させるほどの大事業をおこなう文明があるなんて。

亜紀は魅了されていた。水星で始まったこと、リングのこと、その背後にある文明のすべてを知りたい。

人類が滅亡することに恐怖は感じなかった。亜紀が恐れたのは、あの異星文明を知らずに死ぬことだった。

亜紀は翌年、志望の理学部に進んだ。リングに最初の探査機が接近したのは、学部一年の初夏のこと。

異変の始まりから一年半も経っていたが、亜紀の認識ではこれでも早いほうだった。人類が宇宙探査を始めてこのかた、太陽にここまで接近した探査機はない。克服しなければならない課題がいくつもあった。

リングは火星よりも遠い。そこには鉛を溶かすほどの太陽輻射がある。目的地での減速を手伝ってくれる大気もない。

最初の探査機はリングの外側を高速で通過するだけだった。それはのっぺりとした銀幕にしか見えず、なんの構造も見つけられなかった。

リングに対して静止できる探査機が望まれたが、そのためには従来の惑星探査機の十倍以上の速度変化が必要だった。化学燃料ロケットではとても実現できないので、ソーラーセールを使った超軽量の探査機が開発された。

亜紀が修士課程に進んだ年、探査機はついにリング外面二メートルからの拡大撮影に成功した。

それは「黴《かび》の生えたカーボン紙」と喩《たと》えられた。遠目には銀色に輝いて見えたが、実際は黒い下地に無数の繊毛が生えたものだった。この繊毛が水星から打ち出された微細な粒子を受け止め、自己の拡幅に使うらしい。

リング物質は薄さの割に強靭だったが、ジェットを浴びせると容易に穴があいた。だが、いかに破壊しようともリングはすぐに修復されてしまう。分裂する細胞のように、どこからともなく修復が始まるのだ。

この謎を解明すべく、新しい探査機がリング物質のサンプルリターンに挑んだが、ことごとく失敗した。

サンプルの採集後、容器が侵食され、ついには探査機本体まで食い荒らされたのだった。

この事実は科学者を驚愕させた。これは理論的にありえないと言われてきたドレクスラー・タイプのナノ・テクノロジーに酷似していた。

その活動エネルギーは太陽から得るにちがいない。きわめて高密度の貯蔵機構があるのだろう。リング物質は完全に遮光された密封容器の中でも活動を続けたのだ。

リング物質に侵食されない絶縁容器も考案されたが、サンプルを地球に持ち帰ること自体が危険視されて、この計画は中止になった。水星が口にあうなら、地球も同様とみるべきだろう。

リング物質の解明は進まないが、少なくともこれでリングが太陽に対して定位置を保つ機構は見当がついた。表面の微小構造が変化して、光の反射角やアルベドを制御しているのだろう。

ACT・4　2014年5月

相模原宇宙科学センター。

その数ある研究部門のなかで、亜紀が選んだのは比較惑星学研究室だった。その頃には惑星学とは名ばかりで、リングと水星の異変を専門に研究していた。各国の探査機から送られてくるデータを解析するのが主な業務だったが、センサー・プロバイダとして自ら観測機器を開発することもある。

世界的な不況に反比例して研究予算はうなぎ登りだった。独立した研究所になるという噂もあった。亜紀にしてみれば、〝リング学〟のエリートコースだった。

その日、ワークステーションのひとつに学生たちの視線が集まっていた。モニターには専用回線から入る水星探査機の画像がリアルタイム表示されていた。

目的地までの距離は三百万キロを切ったところ。

探査機はまもなく、見えない壁を通過する。

モニター前に陣取った助手の浅野が、腕組みしたまま数字を読んだ。

「絶対防衛線まで、あと十万」

定説とはいえないが、研究者の多くが〝防衛線〟の存在を支持していた。

前回の探査機は水星の手前二百八十万キロで突然消息を絶った。交信が途絶する一瞬前、放射線計数器がスケールアウトする兆しがあった。同時に前例のない電波バーストが地球の昼側にあるすべての観測所で検出された。核爆発など比較にならないエネルギーの解放だった。

今回はどうか。

これまでのところ、探査機の機能はすべて正常だった。

宇宙科学センターが提供した望遠カメラは半月状に欠けた水星をクリアに捉えている。マスドライバーによる噴流は東経七十度から八十度の領域にある四箇所からあがり、異なる曲線を描いて虚空に消えていた。

変わり果てた地表はメタリックな未来都市に覆われたようだった。網の目のように走る軌条はすべて大円を描き、かつての火星運河の図を思わせる。

「あと一万。そろそろ――」

ふいに画面の更新が止まった。

小刻みにぶれていたテレメトリの数値も止まった。

地上回線のトラブルではない。探査機からの信号強度を示す欄に赤い警告サインが出ている。

「死んだか。平磯は？　白石君」

亜紀は自分の端末に駆け戻り、平磯宇宙環境センターがリアルタイムで提供するデータを読んだ。

「フラックス……九十三デシベルのバーストです」

「決まりだな。あれは、撃たれたんだ」

通信途絶から二時間後、アメリカ大統領が厳粛な表情で所見を発表した。

「リング・ビルダーはガンマ線レーザー、いわゆるグレーザー砲を保有していると確信する。水星は要塞化を終えたようだ。過去七年、我々はあらゆる手段をもちいて対話を試みてきたが、なんの応答も得られなかった。人類が存続するために、我々は未知なる敵との戦いに踏み出さねばならない」

そして国連安全保障理事会の統括のもと、国連宇宙防衛軍――UNSDFの発足が告げられたのだった。実働部隊の多くをNASAが担うので、本部はジョンソン宇宙センター内に設置される。しかしこれはPKFなどと異なり、国連が発足して以来初めて組織された純粋な国連軍だった。

リング・ビルダー、もしくは単にビルダーと呼ばれる存在との宇宙戦争が始まる。

宇宙軍という言葉が出ても、笑った者はいなかった。応戦し、リングと水星プラントを破壊することだけが、人類の希望の道だった。

「だけど敵対行動って言い切れるかねえ」

翌日、浅野が言った。

「大気のない惑星上に大規模なプラントを造るなら、彗星や隕石から防御する機構があってもおかしくないよ」

そうかもしれない。

彼らはただ、太陽系に先住民がいることを想定しなかったのではないか。これは留意すべき問題だった。

学生の一人が言った。

「でも先生、宇宙軍はどうやって防衛線を突破する気なんでしょう？　軍隊式にやるんですかね。飽和攻撃とか？」

「物量は持ち込めない。マイクロ探査機をばらまくかもしれないが、それじゃサンプルリターンは無理だろ。あとはカモフラージュかステルスか……」

浅野は少し考えて言った。

「いろいろ試すだろうが、水星は避けるだろう。当面のターゲットはリングだな。あそこは無防備だから取っかかりになる。リング物質に〝感染〟すると恐いけどね。宇宙軍はリングに有人船を送るつもりだよ」

有人船。

なにげない一言に、亜紀の胸は高鳴った。

亜紀は勢い込んで尋ねた。

「それ、何人乗りですか？」

指導教官は片眉を上げた。

「乗りたそうだね？　白石君」

「乗りたいです」

「放射線漬けになるよ」

「いいんです。それで、何人乗りなんですか」

浅野は首を振った。

「正式なことは何も発表してないし、ずっと先の話だよ。ネバダで原子力エンジンの開発——正確には再開なんだけど——が始まるって聞いただけでね。だけどアトミックでやるとすりゃ有人だろう？」

ACT・5　2017年6月

淵野辺《ふちのべ》駅前のロータリーは横殴りの雨と風に洗われていた。

タクシーを使おうかと思ったが、目の玉の飛び出るような運賃を思うと、その気になれなかった。

傘はささず、レインコートのフードをおこして歩きはじめる。

側溝をあふれ、歩道を覆いはじめた雨水が街路樹の桜の花びらを運んでいる。

六月の桜。

吹きつける風は湿って暖かい。まるで台風のはしりだった。

ごうごうと唸る風音に包まれながら、街は年始を思わせる静けさをたたえていた。道ぞいの商店は軒並みシャッターをおろしている。この天候がおさまっても、開くことはないだろう。

貨幣経済は崩壊しつつあり、食料と生活必需品の多くが配給制に移行していた。

この十年で世界の気候はすっかり変わってしまった。

平均気温が低下の傾向にあるのは事実だが、その諸現象は途方もなく複雑で、地球環境はかつてないカオス状態に移行していた。

インドネシアは干魃《かんばつ》にあえいでいた。中国華北地方では洪水で十四万人が命を失った。氷河は中緯度帯に迫っているのに、日本列島は酷暑に苛《さいな》まれた。

東北地方でイナゴ、北海道でマメコガネが大発生し、愛媛にはマラリア患者が現れた。土とともに生きることを標榜していた有機農家はとうに姿を消している。例年の気象データなど参考にならない。農家は開閉式のビニールハウスを使って絶えず日照と温度を加減しながら、かろうじて作物を実らせていた。

濡れ鼠になって研究室に入ると、教授が待っていた。

「白石君、ヴァルカン計画のクルーに応募したんだって？」

「あ、はい」

二次選考を通過すると氏名が公表されるのを忘れていた。

「相談もしないで、勝手しましたけど――」

「いいさ。うちから太陽系を守る戦士が出るんなら、こんなめでたいことはない」

「まだ二次ですから。それに戦士って柄じゃないですし」

戦士。太陽系を守る戦士。

なんて非現実的な言葉だろう。

「君、度胸すわってるから向いてるんじゃないかな？」

「そうでもないですが」

「ただ、なんだよね……」

教授はやや言いよどんだ。

「ヴァルカンは、これまでの有人飛行とはちがうよ？」

「わかってます」

アポロ計画なら――あれは月に人を送って生還させることが第一目標だった。そのためにクルーが辟易《へきえき》するほどの安全措置がとられていた。

ヴァルカン計画はUNSDFの軍事ミッションであり、目的は乗員の生還ではない。リングの破壊だ。

地球表面積の六万倍になるリングを一隻の船で破壊するなど、亜紀にはとうてい不可能と思えた。しかし毎日六万人が餓死している今、単なる調査飛行では世界が許さなかった。

建造中の原子力宇宙戦艦は一滴でも多くの推進剤を積むために居住性と安全性を犠牲にしている。放射線遮蔽も充分とはいえない。太陽に迫る往復一年あまりの旅で、船は内と外から放射線にまみれる。

船は〝感染〟の危険をおかしてリングに肉薄し、破壊手段を検討する。そして可能な限りの破壊を試みる。無駄死には避けるが、有効な成果が出るなら帰還をあきらめる選択もある。

すべてを承知の上で、亜紀は応募したのだった。

ACT・6　2017年10月

四人の面接官はハイバックチェアに身を沈めていた。

男性が三人、女性が一人。左から二番目の顎鬚をたくわえた男が、亜紀にもリラックスするよう求めた。

「君の第一印象はとてもいいね。みるからに代謝量が小さい」

他の三人が笑ったので、ジョークだとわかった。

リラックスするのはいいが、油断しちゃだめだぞ――番を待つあいだ、他の候補者からそう聞かされていた。

あたりさわりのない話題のあと、面接官は危険な質問にとりかかった。

「東洋の生命観はおもしろいね。輪廻転生にアニミズム……君の率直な意見を聞きたいんだが、生命説をどう思うね？」

「可能性のひとつだと思います」

亜紀は慎重に答えた。

これまでの探査では、どこにも「人影」は見られなかった。リングの建設者はどこにいて、どんな姿をしているのか。その目的は何か。

生命説はリングそのものが生命だと考える。

種子が惑星に落ちると、マスドライバーを建設して鉱物資源を恒星のまわりに打ち上げ、リングを構築する。ビーバーのダムのようなものだ。

巣立ちの時がくると、リングはばらばらにちぎれてソーラーセールをもった種子となり、他の星系に飛び立つ。活動のどの段階にも意識は介在しない。

「生命説は魅力的ですが、結局、人類のすべきことは一刻も早くリングを撤去することだと考えます」

「あなたにとって生命説の魅力とは何かしら？」

白髪を上品に結《ゆ》った女が尋ねた。

「宇宙空間に適応した生命が存在しうることが確かめられれば、それは我々の宇宙観をくつがえすでしょう。星系全体を改造しうる生命があるとしたら、これまで考えられてきたさまざまな恒星や星雲、ダークマター、さらには銀河や宇宙全体の構造に至るまで、生命現象として解釈しなおすことになります。我々のような有機生命でさえ、かつて地球に飛来した宇宙生命を鋳型にして発生したのかもしれない」

「そうね。でもそれは、高度に発展した文明でも可能でしょう。あなたは生命説に特別な魅力を感じているの？」

亜紀は危険な話題に立ち入ったことを知った。

文明説と生命説の相違は、知性の有無だ。生命説に従うなら、すべてはなんの作意もないままに進行する。それを好む者は虚無主義者と解釈されるのだろうか。それが太陽系を守る戦士に望ましい属性とは思えない。

地球上で進化した生命を見る限り、環境適応には知性のない存在——進化アルゴリズムのほうがいい仕事をする。知性は環境に自らを選択させることを退け、自らが環境の改変い。高度に発達した知性はカオス現象である環境を前に、たいした実績をあげていない。高度に発達した知性なら環境を自在に手なずけられるのだろうか。

　さもなければ、充分に発達した知性は非知性と見分けがつかなくなるのだろうか。自意識を排除し、進化アルゴリズムに身をゆだねる、悟りの境地に達すると？

　いずれにせよ、この議論には虚無主義が見え隠れする。

　亜紀は回答を保留したかった。それを探求するために、自分は志願したのだ。

　四人の面接官は、選《え》りすぐられた人々のようだ。西欧文明に浴し、高い教養を持ち、おそらくはキリスト教徒だろう。研究生活を通して亜紀はそうした人々と知り合ってきた。メンタリティは理解できる。

「生命説の魅力は――」

　亜紀は言った。

「侵略の意志を想定せずにすべてを説明できる点です」

「彼らは善き隣人であってほしいと？」

「あれほど高度な文明を築きながら、なお侵略行為をするとは、気持ちよく受け入れられる考えではありません」

「侵略ではなく、単に先住民を想定しなかった可能性もあるわけよね？」

「同じことです。高度文明にそれほど無神経な一例があるとすれば残念ですし、不自然でもあります」

「私たちと異なる価値観を持つとは考えない？」

「本当に高度な文明なら、必ず人類を理解し、その意志を尊重すると信じています」

「では君は生命説を支持するのかな？」ふたたび顎鬚の男。

亜紀は否定した。

「可能性のひとつだと申しました。あれが生命だとしたら、一世代が極端に長くなります し、種内競争の機会にも恵まれない。そのぶん進化も遅いはずなのに、彼らがいましてい ることはとても洗練されている。いろんな尺度がありますから一概には言えませんが、異 星文明の自動装置と考えたほうが私には素直に受け入れられます」

「なるほどね。ありがとう、さがってくれたまえ」

亜紀が退室すると、顎鬚の男は肩をすくめた。

「つまらない娘だな。ユーモアもなければ愛嬌もない。容姿は悪くないがガールフレンド にするのは御免だな」

「適材ってことかしら？」

男はうなずいた。

「太陽系を救う戦士――これぐらいは男にまかせてくれと言いたいんだがな」

「少なくとも一人は女性にしないと」

「わかってるさ。嫌な仕事を引き受けたもんだ」

帰国して二週間ほどしたとき、外務省の職員が宇宙科学センターを訪ねてきて、亜紀に採用通知を差し出した。通知が外交ルートを通して行われるとは意外だった。

「報道発表は週明けです。それまでに身の回りを整理されておくといいでしょう」

役人はそう言い残して立ち去った。

亜紀はしばらく心の半分が麻痺したような心地でいた。それから我に返って考えた。身の回りを整理するとはどういうことだろう？　関係者にいとまを告げてまわれということか。

週末、亜紀は山梨の実家に帰った。天気は悪くなかったが、半年ぶりの駅前はシャッターばかりが目に付いた。家は二十分ほど歩いた住宅街にある。

在宅していたのは母だけで、庭の温室菜園にいた。亜紀は畑仕事を手伝った。

「父さんは」

「アジの干物を二ケース落札したって、清水へ行ったの。夕方には戻るって」

小売業が崩壊しつつあるので、まとまった食品の調達にはネットオークションを利用するのが普通になっていた。

畑仕事をしながら、母は親戚や隣近所の状況を語った。米、肉、卵の次は牛乳が配給制になった。第二次世界大戦後の闇市時代とちがって、地方の農家も等しく欠乏に見舞われている。

まもなく魚も配給になるだろう。海岸線が後退しているし、海流もイレギュラーになって、定置網漁は壊滅的な打撃を受けている。天候の激変で海難事故も多い。オークションが闇で開かれるようになったら、両親はサイトを探し出せるだろうか。代わりに自分がヒューストンから探してメールすることになるのだろうか。いまは環境激変と戦うための工業製品が売れているから、貨幣経済がかろうじて成立しているが、それが崩壊したらどうなるだろう。電力が停止し、ネットワークが分断されたら。

父は日が暮れてから帰宅した。陽に灼けて、電機メーカーで管理職をしていた頃より、むしろ元気に見えた。贅肉も取れている。

「焼く前に配ってこよう」

父は干物を小分けして、そそくさと隣家に運んだ。

「匂いでわかると、あれだからな」

夕食を囲みながら、両親からリングのことをあれこれ尋ねられた。結婚しろとも家に戻れとも言われないのは助かった。

「アメリカの宇宙戦艦はいつ飛ぶんだ」

「アメリカじゃなくて国際共同だよ。NASAが中心になってるけど」

なんと非日常的な会話だろうと思いながら、亜紀は答えた。切り出すなら今だった。

「それなんだけど――ずっと黙ってたんだけど、私、乗ることになったから」

「乗るって」

「宇宙戦艦。木曜に採用通知があって」

英文の通知を見せると、両親はようやく事態を受け入れはじめた。

「いつから行くの」母が尋ねた。

反対しようとしない。これまでずっと勝手を通してきたから、あきらめているのだろうか。これが決死行だという認識もないのだろう。それならそれでいい。

「船ができるまで、二年くらいは訓練期間なの。ミッションが始まったら十一ヵ月は船の中」

「約三年だな」

「ごめんね。そばにいたほうがいいと思うんだけど、訓練中はヒューストンで暮らすことになるの。家族同伴で引っ越してもいいんだけど、どうしよう」

「どうするったって、なあ……」

両親は顔を見合わせた。

ACT・7　2018年1月

テキサス州ヒューストン。湖に面した宿舎だと聞いていたが、前窓から見たクリアウォーター・レイクはすっかり干上がっていた。放置されたボートや漁船が無残に船底をさらしている。海の後退はここでも歴然としていた。

生活に不自由しなければ眺めなどどうでもよかった。家事はハウスメイドがしてくれるし、ボディガードと送迎車もつく。この情勢では贅沢すぎるほどの待遇だった。

結局、両親はついてこなかった。アメリカで暮らす不安よりも日本での隣近所とのつながりが断ちがたいようだった。これから近所づきあいもぎすぎすしてくるだろうと言ってみたが、そうなったら考えるという。予定通りなら三年ですべて終わる。三年後には亜紀は戻り、リングも撤去される——両親はそう信じているようだった。

ジョンソン宇宙センター内のオフィスまで車で二十分ほどだった。

これから毎日、ジェット戦闘機を操縦したり、遠心機で振り回されたり、海や山でサバイバル訓練をしたりするのかと思っていたが、そうではなかった。各種エクササイズやシミュレーター訓練も組み込まれていたが、プログラムの大半は学科講習だった。

亜紀がジョンソン宇宙センターに通いはじめた日から、訓練は始まった。

小さな教室に自分を含めて四人のクルーが集まる。四人は軍人組と科学者組に分かれる。

亜紀は科学者組に属する。ほかに指導助手の女性が一人いたが、「今日、私の仕事はありません。講師は海軍のお二人におまかせします」と言った。

親睦を深めるためでもあるのだろう、二つの組が教師と生徒になって、それぞれの専門知識を伝授するプログラムだった。軍人組も知らされていなかったらしく、顔を見合わせて肩をすくめている。やがて年長のほうが前に立った。

アレン・キンダースレイ、五十一歳。艦長をつとめる人物だ。銀髪、ロひげをたくわえ、温厚そうな顔立ちをしている。

「私とマークはこれまで、アメリカ海軍のサイレント・サービスと呼ばれている場所で働いていました。つまり潜水艦隊です」

指揮官の素質だろうか。よく通る声で、話をすぐに巡航速度にもっていく。

「潜水艦には二種類あります。戦略型と攻撃型です。戦略型原潜はいわば、移動できるミサイル基地です。潜水艦を攻撃するのは容易なことではありません。たとえアメリカ本土が壊滅しても、潜水艦はしばらく生き残って、報復行動ができる」

ペール・ヨンソンが挙手した。居住不能になったスウェーデンから家族とともに逃れてきた天体物理学者で、惑星学にも通じている。歳はキンダースレイと変わらない。避難民にありがちな陰りは微塵もなく、どこか浮き世離れして、いつも好奇心に目を光らせている。

「前から気になっていたんだが、なぜ〝戦略型〟というのかね？」

「いい質問ですね。戦略というのは、軍事行動の規模を表す言葉なんです。区分はあいまいですが、小さいほうから順に戦闘、戦術、作戦、戦略と並びます。戦略というときは普通、国家全体の命運を決める規模の戦いになります」

「なるほど。で、君は戦略型を指揮して世界の命運を握っていたわけか」

ペールが対等の言葉遣いで言うと、艦長は寛大に微笑んだ。

「私が指揮していたのは攻撃型原潜です。潜水艦という地上と隔絶された眷属《けんぞく》にとって、最大の敵は相手の潜水艦です。戦略型原潜を攻撃するから攻撃型というわけですな」

「面白い。安泰な兵器なんてないわけだ」

「そうです。攻撃型原潜は味方の戦略型原潜を守り、敵の攻撃型を排除しようとする。実際にはめったに交戦しませんが、いつでも排除できるように追跡や探知を続けています。水中では電波も光も有効じゃありませんから、音響が頼りです。ソナーを使って敵を探知し、そっと近寄る。うかつに速度は上げられません。スクリューを速く回すと、キャビテーション・ノイズが出ますから」

「だんだんわかってきたよ。潜水艦隊からクルーが選ばれたわけが」

「さよう。宇宙艦と潜水艦は航空機よりも共通点が多いのです。原子力を動力源にすることと、閉鎖空間で何ヵ月もかけて敵の動きを見守るところなどがね。攻撃型原潜の日常任務についてはマークに説明してもらいましょう。彼は私の艦にいたときも、とても優秀な乗組員でした。再会できたのを喜んでいるよ、マーク」

マーク・リドゥリーが入れ替わりに前に立った。精悍な顔立ちで、クルーカットにした髪は黒に近い。歳は、手元の略歴によれば三十一歳。

「ありがとうございます、艦長。ええと、僕は原潜の機関士をしていました。古いオハイオ級――これは戦略型原潜ですが――にも乗務しましたが、そのあと攻撃型に移りました。そして宇宙艦でも機関士を務めます。どの艦でも機関士の仕事はあまり変わりません。たえず原子炉の状態をモニターして、運転を維持します」

「まさか、我々の艦もそうなのかね。機関士がメーターをにらみながら制御棒を出し入れすると？」

ペールがスタイラスを指揮棒のように振りかざして尋ねると、マークはさらりと笑った。

「潜水艦も宇宙艦も高度に自動化されています。ですが原子炉は複雑でクリティカルなシステムですから、機関士には機関士の仕事があるんです。まあ、いろいろと」

マークはつかのま視線を泳がせ、言葉を濁した。

「原子炉は直接スクリューを回すのではなくて、スチームタービンを回す発電機として働きます。その電力がスクリューのモーターを回したり、艦内の空気をリサイクルしたり、あらゆる電子装置を動かすわけです。宇宙艦のNERVAⅡエンジンはスチームにあたるものを直接噴射しますが、発電機を兼ねていることは変わりません」

マークはこちらを見た。

「ああ、白石さん、わかりますか？」

「ええ。とてもよく」

「よかった。その、ずっと黙っているから、気になって」

「マーク、そういえば君は東洋人の女性が好きだったな」

キンダースレイがおどけた口調で言った。

「覚えているよ。ロッカーの扉の裏にすてきな韓国映画のピンナップが――」

「艦長、それは国防機密です！」

マークは真っ赤になって抗議した。亜紀がくすくす笑うと、キンダースレイはこちらを指して、

「見たまえ、彼女は笑うときに手で口を覆う。そういう奥ゆかしさが君を魅了するわけだ」

「ああ、いや……それは……」

マークは元上官のちょっかいにペースを乱されていたが、やがて立ち直り、亜紀に語りかけた。

「すてきな笑顔ですよ。ときどき見せてほしいな」

気の利いた返事が思いつかない。亜紀はとりあえず、会釈で応えた。

宇宙艦クルーとして訓練を受けるかたわら、亜紀は科学者でもあり続けなければならなかった。訓練と並行して自分のオフィスで研究も続ける。テーマはリング物質の生産システムで、満足な研究はできなかったが、ともかく論文に目は通していたし、学会にも出かけていた。

まもなく、亜紀をさらに忙しくさせる現象が発生した。

リング上の一点に巨大な暗斑が出現したのだった。

その直径は最初から十三万キロ、木星に匹敵する大きさだった。当初は濃淡を変化させたが、一年後に安定した。

それは〈島〉と呼ばれた。〈島〉はその直径に比べると恐ろしく薄かった。リングの内側には全く突出せず、外側でも厚みは三百メートルを越えない。宇宙望遠鏡を使っても細部は解像できず、灰色のステッカーを張ったように見えた。

薄いとはいえかなりの質量になるはずだが、太陽に沈む様子はなかった。その後の観測で〈島〉から太陽に向かう、希薄だが超高速のイオン流が発見された。無数のイオンジェットで自重を支えているのだろう。この位置での太陽引力は百二十分の一Gにすぎないから、大きな推力はいらない。

〈島〉の出現で生命説は急速に力を失った。恒星に対して静止した一点に特異点が出現した様子はみるからに機能的で、生命らしさがない。

あれがアンテナか何かだとすれば、その方向に彼らの母星があるのではないか。

リングの位置は水星の公転面と重なっているので、この面内に都合よく母星があるとは考えにくい。アンテナならばビームを緯度方向に傾斜させる機構があるはずだ。位相を制御するアレイ・アンテナなら、物理的に傾けることなくビームの向きを変えられる。

アイランド・エキスプレスと名付けられた探査機群が〈島〉に向かった。

だが、二百八十万キロ以内に近づいたものはなかった。

〈島〉は――ここもグレーザー砲で守られていたのだった。

人々は戦慄したが、科学者たちは新しい事実をつかんだ。

リングの内面が黒いのは、光子を吸収してエネルギーに変換しているからにほかならない。残りは排熱として放射される。この熱量を観測すればエネルギー収支がわかる。

現在、リングはほとんどエネルギーを生産していない。生産が始まるのは、〈島〉がその仕事を始める時だろう。

〈島〉が出現してもリングは冷えなかった。浮揚に使うエネルギーは、自身で得ているのだろう。

だがグレーザー砲の発射後、リングの排熱は一時的に低下した。これは次の砲撃にそなえて大量のエネルギーをチャージしたからにちがいない。

「お話を聞かせていただけますか。お願いです、時間はとらせません」

その日、亜紀は本部棟の駐車場でつかまった。

ヴァルカン計画は〈島〉の出現で大幅な変更を強いられている。世界は遅延に苛立《いらだ》ち、マスコミはその先鋒となってUNSDFを責めた。亜紀も取材攻勢をまぬがれなかった。

「〈島〉へのエネルギー流入を遮断すればグレーザー砲を沈黙させられる可能性がありま す。司令部は全力をあげて攻略プログラムを編成しているところです」

決まり文句で答える。

亜紀はすでに確立している〝ユーモアのない女性科学者〟というレッテルに安住していた。リングに行けさえすれば、どう思われようとかまわない。

「リングや〈島〉は神聖で破壊すべきでないという声があります。異星人の報復を懸念する人もいますが、それについてはどうお考えですか」

「司令部の判断基準に従うまでです」

「あなた自身はどうお考えですか。破壊すべきかそうでないか」

「人類の生存を脅かすものは撤去しなければなりません」

「白石さん、あなたの人生は宇宙船の部品になることじゃないでしょう？」

若い記者は食い下がった。

「あなたの意志を聞きたいんです。世界があなたたち四人に希望を託している。誰だってそれがロボットだとは思いたくない」

亜紀は記者を見た。長いこと張り込んでいたのだろう。服も髪も埃にまみれ、疲れきった様子だった。

「そうですね……リングが黄道面に直交していたなら、といつも思います。それなら地球への影響は最小になりますから。もちろん、水星から物資を運ぶならその公転面に置くのが合理的なんですが」

亜紀は言葉を選びながら、想定問答集にないステートメントを組み立てようとした。

「異星文明との出会いが私の夢です。それがこんなふうに始まったのは残念です。リングの破壊に加担するのは、いつかその建設者と本当に出会いたいから」

本心を伝えようとするのがわかったのだろうか。記者の顔から険しさが消え、静かに耳を傾けている。

「本当に出会いたい？」

記者の戸惑う顔を見て、亜紀は言葉を補った。

「ええ。そのためには、私たちが生き延びないと」

ACT・8　2021年8月19日

乗員輸送カプセルには、展望窓などという贅沢品は用意されてなかった。亜紀がその船を目の当たりにしたのは、ドッキングが終了し、国際宇宙ステーションの居住モジュールに入ってからだった。

輝く太洋を覆う異形のシルエット。その圧倒的な量感に亜紀は息をのんだ。

UNSSファランクス。

世界が飢えと氷雪にあえぐなか、七百億ドルと三十七名の命を費やして建造された人類初の原子力宇宙戦艦。

それは十二個の推進剤タンクを葡萄の房のように抱えた、全長百三十メートルの巨人だった。艦首には無人プローブ・ハウンド、太陽輻射から船体を守る鏡面の遮光盾、そして銀のサーマルブランケットに覆われたささやかな居住区。艦尾には三十メートルのトラスを介して固定された二基のNERVAⅡ原子力エンジン。

推進剤タンクの傍らにタイタンVロケットで打ち上げられたタンカーがドッキングして最後のケロシンを補給している。船体各部にとりついた宇宙服姿は五人まで数えられた。

戦艦を名乗りながら、武装は誘導ミサイルが二基あるのみ。それぞれ五メガトンの核弾頭を持っていたが、目標の前にはあまりに非力だった。核兵器は人間社会を破壊するには有効だが、宇宙ではありふれたエネルギーの小さなスポットでしかない。

「過剰な期待はやめよう。ファランクス一隻の攻撃など満ち潮にスコップで砂をかけるようなものだ」

評論家たちは事実を語っていたが、業を煮やしたUNSDF最高司令官はこんなコメントを返したものだった。

「我々の真の戦力は人間だ。私は乗組員を信じる」

簡単な式典のあと、四人のクルーは長いボーディング・チューブを通って乗艦した。エアロックを抜けて、共有区画に入る。この十二立方メートルの空間が居住モジュールで唯一の共有スペースだった。

艦長は狭苦しい空間を見回すと、笑みを浮かべて言った。

「懐かしいな。旅路の果てに見慣れた場所に来たぞ」

「旅はこれからですよ」マークがまぜかえす。

「もう終わったようなものさ。四年も待つとは思わなかった。あとたったの十一ヵ月だ」

点検をすませると、四人は各自のコクーンに入った。

コクーンは棺桶よりやや広い程度の容積しかないが、生命維持に必要な一切を備えていた。睡眠、排泄、操船、会議。乗員はコクーンの中で大部分の時間をすごす。情報機器の操作はヘッドマウント・ディスプレイとデータスーツで行う。食事は人間関係が悪化しない限り共有区画に集まって取るが、コクーン内でも可能だった。

四時間後、UNSSファランクスは定刻に発進した。これまでの延期につぐ延期が嘘のようだった。エレベーターほどの振動も加速もないまま、艦は地球低軌道を離脱した。

「いよいよ四人きりだ。まあ仲良くやろう」

艦長は自分のコクーンからそう伝えてきた。

「マークには、亜紀と仲良くしすぎないようにと釘を刺しておこうか」

亜紀とペールはコクーンを個人通話で結んで長い時間をすごした。到着までの半年間は地球から届く作戦プランや論文を読んで意見交換するのが科学者チームの仕事だった。

「昨日届いたCERNの論文は読んだかい？　リングから〈島〉へのエネルギー輸送に関する新説なんだが」

ペールの声はあいかわらず好奇心に満ちていて、祖国を奪われた怨念はどこにも感じられない。リングのことは単純な機械装置とみなす傾向があった。

「反陽子ビームに転換して細管を流す説ね。ロスが多いし、ちょっと奇抜すぎる気がするけど」

「うまい転換方式があれば銅線を通して太陽を半周するよりましかもしれないぞ。僕は興味があるな。リング物質を切断するとき、対消滅反応を調べてみたい」

「オムニスペクトロメーターが使えるかも。でも反陽子でやりとりするなら、それを製造するシステムが要るわね。それはリングじゅうに遍在してないといけない」

リング物質が細胞のようなものだとしたら、微小な領域にあらゆる機能がセットされているはずだ。

「細胞モデルが常に合理的とは限らないよ。反陽子製造プラントは一平方キロに一基あればいい。これまでの探査でそこに行き当たらなかったと考えてもおかしくないだろう?」

「それはね」

ペールとの議論はたいていこうして終わるのだった。

ACT・9　2022年1月24日

近日点にさしかかったUNSSファランクスは艦尾を前方に向け、エンジンを全開にして減速噴射を開始した。地球は左舷後方、一億キロの彼方にある。太陽や噴射ガスに邪魔されることもなく、通信状態は良好だった。艦上のミラーサーバーにさまざまなサイトがアップロードされてくる。亜紀はリングの分析に専念したかったが、地球の惨状に目を向けないわけにはいかなかった。

　この五カ月でCIS諸国はほぼ完全に国家機能を失っていた。南下した難民は南アジアやオーストラリア北部、アフリカにあふれていた。情報網から切断され、氷河に追われていれば、赤道に向かうことしか考えられないのだろう。だが環境の激変は地球を偏りなく覆っている。人々に逃げ場はなかった。

　十二基あった巨大な推進剤タンクのうち、八、九基めが切り離された。それはまばゆい太陽光に縁取られて、おごそかに前方へ漂っていった。UNSSファランクスは長く続いていた減速航程を完了した。続く四時間の自由落下で、艦はリングの北縁からその影に入った。

　亜紀は艦長に許可をもとめた。

「窓のシールドを開いていいですか」

「いいだろう」

　亜紀は自分のコクーンを漂い出て、共有区画に移った。室内灯を消し、艦で唯一の窓に顔を寄せる。

　亜紀は息を呑んだ。

目に飛び込んできたのは、白く透き通った炎の峰々だった。

とらえどころのない対象を扱う科学者の常として、亜紀も加工された画像ばかり見てきた。そのせいか、九歳の時に見た皆既日食の記憶を呼び出すまでにしばらく時間がかかった。あれは百万度に達するプラズマの炎、太陽コロナだ。

手前になにか塀のような障害物があり、コロナはその上端から旭日旗《きょくじつき》のように放射状にそびえ立っていた。

障害物の向こうが見たくて、亜紀は窓のあちこちに顔を動かしたが、邪魔物は動かなかった。

窓の外にあんなものがあっただろうか？　そう思ったとき、亜紀はまたもや画像処理の罠に掛かったことを悟った。人生の半分を捧げて追い求めてきたものが、そこにあった。

あれがリング。

銀色の円筒面だとばかり思っていた。この目で見たリングは無限の闇、宇宙そのものだった。

亜紀は我を忘れて見入った。

視覚が暗順応しはじめると、そこがまったくの闇でないことがわかってきた。

その光――リングに映った星々は風の吹きわたる草原のようにゆらめいていた。

ゆらめきは太陽風がもたらしたものにちがいない。圧力のむらがリングを変形させ、その鏡面に映じた星々を揺るがせている。

これに似た景観が地球上にもあることに亜紀は気づいた。それは太陽風がじょうごのような地球磁場によって集束され、高層大気と衝突して発光したものだ。

いま眼前にあるものは、ありのままの太陽風によって描かれている。集束されないかわり、スクリーンは地球が二十個以上並ぶ幅になる。これほどの違いがありながら、そのゆらめきのパターンは、不思議なほどオーロラに似ているのだった。


ケーブルと換気ダクトの束の向こうで物音がした。

マークだな、と亜紀は思った。誰のコクーンが開いたかは、臭いでわかる。

「お邪魔だったかな」

「いいえ、どうぞ」

亜紀は直径二十センチの窓をマークに譲った。

「とうとうここまで来たか」

機関士は一心に見入っていたが、やがてこちらを振り返って言った。

「あの真っ黒いのが君のマリッジ・リングってわけかい？」

「もうサイズが合わないと思うわ。この半年で太ったから」

亜紀がめずらしく冗談を返したので、マークはひとしきり笑ってみせた。それから感慨深げに窓を一瞥した。

だがその先に駒を進める様子はなかった。

その気になればコクーンは二人で使える。この半年、マークには何度か婉曲に求められた。一度は「避妊のことなら心配いらない」とまで言われた。

マークはいつも誠実で思慮深く、気配りのできる男だった。肉体は彫像のように美しい。どこを探しても欠点は見つからなかった。

それゆえに、亜紀はいつも拒んできた。十年の研究生活を通して抑圧してきたものを、いま解放するのは恐かった。この大切な時にノイズを入れたくなかった。

男だけの会話もあるのだろう。自分が〝リングと結婚した女〟と了解されていることに、亜紀は気づいていた。

マークはふたたび窓に目をやった。

「ミサイル原潜のお守《もり》をしていた頃、いろいろ考えたもんだよ。サブマリナーだってもちろん考えるんだ。この艦が世界を終わらせるかもしれないとね。原子炉なんて代物に関わってるせいかな、どうも僕は世界の終末と縁があるらしい」

「終わると決まったわけじゃないわ」

「もちろん。リングを破壊すれば人類は生き延びられる。相手は同胞じゃない。有史以来、これほど迷いのない戦いはないよ」

マークは微笑んでみせた。

「それで志願したんだ。こんどの仕事はスマートだぞってね。もっとも、あれをどうやって壊すかって問題はあるんだが」

「壊し方を見つけるのは私たちの仕事ってわけね」

マークはつかのまこちらを見つめた。

「君のほうは少々複雑なようだね」

「あなたがイタリアと戦争するとして、ウフィッツィ美術館に爆弾を落とせる？」

「絵や彫刻がこちらに危害を加えるなら、そうするだろう」

「そう。スマートでいいことね！」

リングを目前にして高揚した気分に水を差されたせいだろうか。自分でも意外なほど、棘《とげ》のある声になった。狭い閉鎖空間の中での口論は、最も避けるべきことだった。

マークは動じる様子がない。口元に笑みをたたえたまま、穏やかに尋ねた。

「教えてくれないか、亜紀。僕はどうすればリングを美術品のように思えるのかな」

「リングのことは何もわかってないに等しいわ。必要なのは知ろうとする態度よ。絵や彫刻だってそうでしょう。そこから何をどれだけ読みとれるか、ゴールはわからない。だのに、何も知らないまま破壊するなんて」

「そうか」

噛みしめるように言った。

「努力してみるよ。そのほうが、人生は豊かだろうからね」

三日後、無人プローブ・ハウンドによるリングの切断実験が始まった。

画面の手前下方に噴射ノズルが見えている。その先にハウンドそのものを映す小さな鏡像があった。

ハウンドは自由落下でリングの外面二十メートルまで接近した。母艦と同じ、NERV AⅡエンジンの噴射が始まると、画面の中心から閃光があふれだし、画面をホワイトアウトさせた。ただちに光度調節が働いて光の洪水はおさまった。

ハウンドはわずかに船体を傾け、太陽の直射を避けながら水平移動しはじめた。原子力エンジンの噴射ガスはリング物質をバターのように切り裂いてゆく。

「いいぞ、移動速度を倍にしてみよう。ペールと亜紀は切断後のリングを観察してくれ」

「了解」

亜紀はこちらから撮影した俯瞰映像を横に並べた。

分断され、噴流で下方に沈んだリングはゆっくりと元の高さに戻りはじめていた。

打たれ強いシステムだな、と亜紀は思う。

もしリングに強いテンションがかかっていたら、ただちに全体が崩壊していただろう。

光圧と自重が均衡したこのリングは、破断しても周囲に影響がおよばない。たとえ絨毯爆撃を受けて穴だらけになってもその位置にとどまり、自己修復をはじめるだろう。

「いまのところ、修復が始まる様子はないようだが」

「リングが元の高さに戻る機構はどうなってるのかしら」

光圧と引力はともに逆二乗で比例するから、リングの高度は安定でも不安定でもない。沈めば沈みっぱなしになるのが自然な挙動だ。

「日照面のアルベドを変えてるんだろう。太陽光の強度を単純にフィードバックすればいい。ああ——ハウンドのスペクトロメーターは使い物にならないね」

ペールがテレメーターの表示画面をポイントする。

「核ロケットの噴射を浴びせながら、対消滅を検出しようって考えが甘かったか」

「こっちは不思議なくらい順調だ。ハウンドは秒速五百メートルでリングを切り進んでる。一週間で南端までいくだろう」

艦長が知らせてきた。

「まもなく本艦も切断箇所に接近する。そこでの要望は？」

「とくと観察したいね」ペールが言った。「傷口が自己修復する様子を。穴ではなく、完全に分断したものがどうやって修復するのか」

「修復できないとは考えないのかね」

「メテオロイドがリング面と平行に衝突したら？　今回の切断と同じことになるだろう。そうなる確率は低くても、それに対処できないようでは——装置であれ生命であれ——システムとして失格だよ」

「残念だが一理あるな」

艦長は認めた。

「問題は修復速度か。それが終わるまでに〈島〉を攻略できればしめたものなんだが」

「我々も切断を手伝ってはどうでしょう？」

マークが提案した。

「本艦でリング南端に先回りして、反対側から切り進むんです。二日と四時間節約できます」

「トンネルを掘る要領だな。推進剤は足りるか」

「検討済みです」

「そして中央で合流して〈島〉に向かうか。よろしい、それでいこう」

「その前に切断部の調査はさせてもらえるんだろうね？」

「もちろんだ」

ACT・10　2022年1月28日

高度三千メートル。二時間前にハウンドが通過して生まれたリングの間隙はむしろ広がっており、幅一キロはありそうだった。

それぞれのリングの端面は太陽光をあびて蛍光燈のように輝いている。紙よりも薄いリングがあれほど輝くのは、そこに何かが生まれている証拠だった。

「毛皮で縁取ったみたいね」

高倍率の望遠映像に、亜紀はそんな印象を持った。

リングの端面は純白のラビット・ファーのようだった。接近すると無数の繊維が密生している様子がわかった。

「あれは菌糸だな。おそろしく巨大だが」

ペールが言った。

「切れたら菌糸を伸ばす。物質に触れたら架橋し、拡張する。単純なロジックだ」

「ジェットであぶらないようにね。ありのまま観察したいから」

「まかせてくれ」

マークは慎重に艦を降下させていった。

高度五百メートル。

直下で菌糸のコロニーがゆらめく。こちらの影響だろうか。

「やっぱり、あぶってるんじゃない？」

「あそこにジェットは当ててないよ。噴流ベクターを二股にしてるんだ」

「だけど、あんなに揺れて――」

「キャプテン、離れたほうがいい」

ペールが鋭く言った。彼は間をおかずに言い直した。

「緊急勧告。感染の恐れがある」

「離脱しろ、マーク」

艦長が命じた。機関士は復唱せずに推力を上げた。

亜紀は背中に痛みをおぼえた。ノートパッドかなにかが挟まっている。

艦はすぐに一万メートルまで上昇した。

「説明してくれ、ペール」

「菌糸がこっちを見ていた」

「わかるように言ってくれ」

「菌糸が太陽以外の熱源に向かって成長するとしたら、この艦を指向するだろう」

「感染の兆候は？　マーク」

「いまのところ、警報は出ていないが……詳しく調べてみる」

「五百メートルも離れていたんだから、大丈夫じゃないかな」

「リングは一キロの谷に架橋しようとしてたんだぞ」

「そうか……」

「ジンバル・アクチュエータの応力センサーが不自然な値を返してる」

機関士が言った。

亜紀は息をのんだ。

「それくらいなら……いつものことよね？」

センサーは艦全体で数万箇所におよぶ。常時いくつかが異常を示しているものだ。

「いや、ここは違うな。どうやら出番らしい」

マークの口調は平静だった。

「しばらく様子を見たらどうだね？」

「アクチュエータのひとつが失われても、任務は継続できます。しかし冗長系まで感染が広がったらおしまいです。大丈夫、短時間で検査して異常がなければ戻りますよ」

もし異常があれば、稼働中の原子炉の二メートル横で二時間にわたる作業をする。汚染された部品を廃棄し、自分も艦内には戻らない。

「待って、マーク。エンジンごと投棄すればすむことでしょう。もう一基のエンジンだけでも任務は継続できるわ」

「残ったひとつがやられたら後がない」

「だけど」

「エンジンは二基だが、人間は四人いるからね」

機関士には機関士の仕事がある――

その言葉の意味を、亜紀はこのとき初めて悟った。


「全員、共有区画に集まってくれ」

艦長が指示した。マークはエアロックの前で、もう冷却下着を着込んでいた。

三人でかわるがわる抱擁した。

「キスしていいかい？」

亜紀は無言で唇を重ねた。マークは舌を入れてきた。自分の舌をからめる。亜紀は抑制を失いかけた。行為を終わらせたのはマークのほうだった。

マークはハードシェル・スーツに潜り込むと、装備を点検してエアロックに入った。内扉を閉める間際、親指を立て、こちらに微笑してみせた。

三時間後、マークは作業の終了を伝えてきた。汚染された部品はすべて投棄した。あとは自分自身だけだという。

亜紀は何も言えなかった。

「残りの時間はどうか自由に使ってくれ」艦長が答えた。

機関士は礼を述べた。それから「リングをこの目で調べてみるよ」と言った。

ヘルメット・カメラの視野の中で、機関部が小さくなってゆく。

マークはバックパックのジェットを噴射して、十キロ下方のリングに向かった。

送られてくるカメラの映像は、宇宙と見分けがつかなかった。

やがて前方にライトを照り返す光の輪が現れ、視野いっぱいに広がった。

「リングの表面は銀色のビロードみたいだ……ジェットを浴びて波打っている……あと三メートル……いま着地した」

息づかいだけが聞こえる。

「すごい眺めだ。どこまでも続く鏡の平原……いや、窪地だな。いまの体重は一キロぐらいだが、それでもリング面が沈んでいく。クッションを踏んでるみたいだ」

手元のスクリーンに警報が現れた。【マーク・リドゥリー／宇宙服／気密漏れ】

「侵食が始まったようだ。靴の外側が変色してる……蜘蛛の糸みたいなものが体を包みはじめた。糸だけで勝手に動いてる……繊維が中まで入ってきた。猫を抱いているような感触だ。減圧は止まったようだ……痛みもない……」

眠りに落ちていくようだった。

「亜紀、聞いてるか」

「聞いてる。聞いてるわ」

「すまない……もっと伝えたいんだが……」

「いいの。もういいから」

二分後、スーツからの送信は完全に停止した。

それからもUNSSファランクスの望遠カメラが、窪地の中央にある繭《まゆ》のようなものを映し出していた。それが徐々に収縮しているのに気づくと、亜紀は目をそむけた。

自分が何に飢え、何を求めているのか。

それを知るまでに四十時間かかった。

亜紀はコクーンを這い出すと、インカムで仲間を求めた。

亜紀は二人の男の手首をつかみ、自分の腕に強くからめた。そして頬擦りした。かわるがわる抱き合い、子供のように泣いた。

ACT・11　2022年2月2日

UNSSファランクスは宇宙戦艦として最初の砲撃を行なった。核ミサイルはリングの地平線の彼方、四百万キロ先の〈島〉に向けて飛行を開始した。

ミサイルは絶対防衛線でグレーザー砲の直撃を受け、瞬時に蒸発した。筋書きどおりだった。これはグレーザー砲を撃たせるための攻撃だった。

砲撃にともなって放射される膨大なサージ電流が艦を洗い、半数近い電子機器が損傷を受けた。応急処置をすませると、ハウンドとUNSSファランクスは〈島〉への接近を開始した。

亜紀は気密服を着てコクーンに体を固定し、先行するハウンドから送られてくる赤外画像を見つめていた。

リングはグレーの平原として描かれ、かすかな濃淡がある。

やがてその地平に明るい筋が浮かび上がった。〈島〉だ。

「まもなくハウンドがグレーザー砲の射程に入る。しまえるものはしまってあるな？」

艦長が確認をうながした。データファイルのことだ。

電子機器の冗長系は使いきっている。こんどサージを食らったら無事ではすまないだろう。

グレーザー砲の再チャージが完了するまでの猶予を、亜紀とペールは百四十七時間と見積もっていた。

それは仮定に仮定を重ねたもので、何の保証にもならない。

きっかり五分後、ペールが沈黙を破った。

「撃ってこないね」

「やはり停電状態か……」

「続航しますか」

「やめる理由はない」

五時間後、UNSSファランクスも〈島〉の可視圏に入った。

砲撃はない。

ハウンドはもう〈島〉の直上にさしかかっている。

艦長はハウンドの前進速度を殺し、〈島〉に向かって降下させた。

亜紀は望遠カメラを遠隔操作する。

〈島〉はリング面から垂直に立ち上がる三百メートルの断崖で始まっていた。地球からの観測でそれが円形のアウトラインを持つことはわかっていたが、この位置からは直線にしか見えない。

断崖の上端からいきなり鏡のような平原がひろがって、ただ地平線まで続く。

島というより大陸だな、と亜紀は思った。

対岸は視界の外、十三万キロの彼方にある。計器を信じる限り、見えている範囲だけでも地球が二つ並ぶ奥行きがあった。

平原をズームアップしてゆくと、規則的な網目模様が見えてきた。最大望遠にしたとき、それはハニカム構造になった。

さしわたし四メートルほどの六角柱の集合体。その表面は透明な物質で覆われている。

「蜜を満たした蜂の巣みたいだな」

ペールがつぶやく。

カメラをパンさせて、〈島〉の外縁を調べる。

これという特徴はない。ハニカム構造の外側を幅数メートルのグレーの縁が囲んでいるだけ。手すりもキャットウォークも非常扉もない。

断崖の縁にそってカメラを高倍率でトレースさせると、遠方に灯台のような突起が見つかった。

「望遠鏡……？」

「いや、あれがグレーザー砲台だろう」

艦長はハウンドを接近させた。

それは経緯台式の架台に乗った、ずんぐりした望遠鏡のようだった。距離計に連動したスケールゲージを何度も確かめたが、口径はフットボール場ほどもあった。砲口には緻密な同心円を描くコリメーターらしきものがある。

ここにも扉のたぐいはない。シームレス技術が行き届いて、どこものっぺりとしている。

なにかディティールはないかと探すと、砲身の上端に砲台のミニチュアのようなものがあった。

「これは光学望遠鏡ね。ファインダーか」

「そうだろうな。この望遠鏡が接近する物体を照準するんだ」

画像の背景部分を詳細に調べると、九千キロ先に同じ形状のものがあった。この間隔で〈島〉を取り囲んでいるらしい。

「さて諸君」

艦長が言った。

「決断の時だ。GOかNOGOか」

「GO」亜紀は即答した。

ペールは遅れて答える。

「NOGOの理由が見つからない」

「よろしい。目標はこのグレーザー砲台の根元にしよう。これより本艦は最終アプローチにかかる。亜紀は船外活動の準備を」

「了解」

亜紀はコクーンを出て、ハードシェル・スーツの着用にかかった。

二人への説得は前日までに済ませていた。

マークの代役をつとめるのは自分だ。この足で〈島〉の表面に立ち、その構造を調べ、可能ならサンプルを持ち帰るのだ。

感染の危険は少ないとされている。

リング物質が無防備なのは、自己修復できるからだろう。

〈島〉が砲台で守られているのは、自己修復できないからだ。

穴だらけの論理だが、それなりの説得力はあった。

プラナリアは切断しても再生するが、人間はそうはいかない。グレーザー砲や〈島〉のような高等組織に自己修復機能を持たせるのはコストがかかりすぎる。

建造やメンテナンスに携《たずさ》わるナノマシンが、いまも表面を徘徊している可能性はある。しかしリング物質のように盲目的な活動はしないだろう。

「EVA準備完了。見送りはいりませんから」

亜紀はさっさとエアロックに入り、排気して外扉を開いた。

UNSSファランクスは艦尾をリング面に向け、弱い噴射を続けている。

リング面高度、五百メートル。

手すりをつかんだまま、身を乗り出して行く手をうかがう。

〈島〉を縁取る断崖はおよそ二キロ先に屹立《きつりつ》していた。崖のきわにグレーザー砲台がそびえている。

直下のリング面に目を向けたとき、亜紀は息をのんだ。

赤い光点がついてくる！

すぐにその鏡面が天球の赤経六時に面していることを思い出した。あれはオリオン座α、ベテルギウスの反射像だ。

艦はゆっくりと水平移動し、〈島〉の直上にさしかかった。

フラッドライトの光輪がグレーザー砲台を横切る。砲台の周囲にある灰白色の領域はすぐに終わり、そこから昆虫の複眼のような〈島〉の組織が果てしなく広がっている。

「これより降下します」

「グッドラック」

静止した艦から、亜紀は空中に身を押し出した。

バックパックのジェットを噴射して水平距離をとる。

いまも五トン近い推力を生んでいるNERVAⅡの噴射ガスは、原子炉の一次冷却水そのものだった。そのなかに飛び込むのは避けたい。スーツの被曝線量計はめまぐるしくカウントアップしているが、まだ致死的な量ではない。

最初の一分で百五十メートルの自由落下。

そびえ立つグレーザー砲を真横に見ながら降下をゆるめる。

灰白色の領域に着地。つまさきで触れた感触は磨きあげた大理石のようだった。

この低重力では歩行できない。ジェットを弱く噴射して、六角形の井戸のきわに移動する。

「穴の直径は約四メートル。内壁は歪みのない円筒の鏡面で……リング面に対して少し傾斜しています。垂直な穴ではありません」

内部を覗き込む。

「百メートルくらい奥に何かある。見えるかな？　筒の中央に、三本の腕で支えられた円盤がある」

「反射望遠鏡の副鏡としか思えないね」

ペールが亜紀のヘルメット・カメラの映像を見て答えた。

「それにしては変よ」

亜紀は異議を唱えた。望遠鏡とは長いつきあいだ。

「望遠鏡なら筒の内壁は黒でしょう。邪魔な迷光を吸収するために。でもここのはただの白っぽい物質で」

「とするとそれは……光を受け取るのではなく、送り出す装置だな」

「レーザーの発射装置？　これが、全部？」

直径十三万キロのレーザー。木星サイズの光の束。

「なんのために？　砲台ならすでにいいのがあるし」

「通信用かね」

「大きすぎるよ」

「まさかレーザー帆船の推進用じゃ。でも船はどこ？」

これから船も建造するのだろうか。しかし船だとしたら、積荷は何？

太陽系が格別、鉱物資源に富んでいるとは思えない。

地球の生命や人類文明に価値を見いだすなら、それらを破壊することにまったく頓着しないのはおかしい。この位置にリングを置けば、惑星系の日照に重大な影響を与えることはたやすく想像できるはずだ。

「うう、亜紀、それだ。なんてこった――」

ペールが奇声を発した。

「船は外から来るんだよ！　そいつは減速用レーザーだ！」

「減速？」

「わからないか。彼らはレーザー帆船の大船団を組んで、こちらに向かってるんだよ！」

「なんですって」

亜紀はとっさに身をひるがえし、装置の指す先を見上げた。

オリオン座。ベテルギウス。リゲル。大星雲。バーナード・ループ。

無数の星。あの中の一つに、彼らの母星がある。

そこにもこんな装置がある。レーザーを船のセールに照射して推力にする。軽くて巨大なセールさえ作れれば、船はエンジンも推進剤もいらないから効率がいい。またたくまにリングを建造した彼らならたやすいことだろう。

しかしレーザー帆船は目的地で停止できない欠点がある。

「昔読んだことがあるぞ」

艦長がおずおずと反駁した。

「フォワードとかいう科学者が提案した、目的地で停止できるレーザー帆船を。あれを使えばこんなものは——」

「あれは欠点だらけだよ。レーザービームは距離の二乗に反比例して減衰するのに、そのビームを目的地まで充分な強度で届けなきゃならない。遠距離の目標には向かないんだ。それに巨大な減速セールを抱えていく無駄もある」

「言われてみればそうだな」

「そんなものを実現するには必ずナノテクが要る。ナノテクがあるなら、そいつを先に目的地に送り込めばいい。積荷は一グラムもあればいい。本隊からちょっと余分に加速してやれば、何十年も先に到着する。それが太陽に近い惑星に落下すれば、勝手に自己増殖して工事を始め、船団を出迎える準備を整える」

「ペール、大船団って言ったけど——」

「木星サイズのレーザー光束を一隻で使うかい？」

「ああ……」

「亜紀、レーザーの光軸を測ってくれ。これは重要な調査事項だ」

艦長が指示した。

「聞こえるか、亜紀？」

亜紀は我に返った。

「はい……ええ、光軸ですね。レーザーの」

「落ち着いて。ハンディカメラのジャイロが使えるだろう。できるだけ正確に頼む」

「了解」

亜紀は任務に集中しようとした。

計測値が艦に届くと、スター・カタログが検索された。

ＬＣＣ５３７０が該当した。太陽系からの距離は四十四光年。スペクトルはＫ３Ｖ。こちらの太陽よりひとつ赤方寄りだが、ピークは可視領域にある。赤色矮星との連星系をなすが、惑星は存在するのだろうか。いまわかるのはこれくらいだった。

それから亜紀はプラズマトーチで〈島〉物質のいくつかを切り取って容器に収納した。容器は三重構造をなし、もし感染の兆候が現れたら警報を発する。〈島〉物質は決してリング物質に感染しない。その免疫機構が解明できれば、リングへのアプローチはずっと容易になるはずだ。

亜紀はグレーザー砲台にまわり、ここでもサンプルを採集した。莫大なエネルギーを放出するガンマ線レーザーの発振と収束機構を調べる時間はなかった。

かわりに亜紀は砲台の照準望遠鏡を念入りに調べた。それは公共天文台の望遠鏡と大差なく、いくらか親しみの持てる物体だった。長短二つの鏡筒を同架しているのは、広角と望遠を使い分けているのだろう。

何かが欠けている、と感じた。光軸を調整するネジや整備用のアクセスパネルが見当たらない。そんな作業はする必要がないのだ。

これが彼らのテクノロジー。

亜紀は立ち去ろうとして、もういちど装置を眺めた。

心の片隅で、何かが形になろうとしていた。

「亜紀、よくやってくれた。撤収してくれ」

「了解」

亜紀はジェットを噴射しようとして、その手を止めた。

いまや答ははっきりと意識にのぼっていた。一笑に付そうとするのだが、どうしても心が離れなかった。

「彼らはすでに発進しているんでしょうか？」

「異星人のことかね？」

「そう思うね」ペールが答えた。「こんな大仕掛けを完成させてから長く放置するのはうまくない。彼らはもう近くまで来てるんだよ」

減速用レーザーを破壊したら、彼らは太陽系を素通りする。航海を終える機会を永遠に奪ってしまう。

しかし――

自分にはできる。この装置をリングもろとも破壊できる。

亜紀は確信していた。

「亜紀、時間がないんだ。いつ砲台のチャージが完了するかわからない」

自分の夢。異星文明との出会い。

彼らに悪意はない。異なる価値観を持つだけだ。

リングを黄道面から動かす時間はない。地球はこれ以上持ちこたえられない。いま破壊するか、残すかだ。

どうしよう。どうすればいい？

あの男の声がよみがえったのはその時だった。

彼は迷わなかった。どんな時も自分の仕事をわきまえていた。

「亜紀、聞こえるか。すぐに撤収してくれ」

「あと一時間、いえ、三十分いただけませんか」

「君はもう充分にやった。戻りたまえ」

「試したいことがあるんです。お願いです」

ACT・12　2022年2月23日

UNSSファランクスは地球に向かう長い登坂を続けていた。

〈島〉を発って二十日後。リングから八百万キロの地点で、忠実に働いてきた猟犬に最後の仕事を命じた。

ハウンドは踵《きびす》を返して〈島〉に再接近する。

三人はコクーンの中で、ハウンドから三十秒かけて送られてくる望遠映像を見守った。

「オーケイ、砲台は反応してる。どうやら亜紀の読みが当たったようだ」

グレーザー砲はこちら――ハウンドを照準している。

リングの切断部はもう完全に復旧しており、砲台へのチャージも終わっているにちがいない。

ハウンドは絶対防衛線にさしかかった。

画面にノイズが走り、通信が途絶した。

艦はふたたびサージに晒《さら》されたが、距離が離れていることが幸いして、どうにか持ちこたえた。

復旧した映像に、三人は目を見張った。

〈島〉は白熱する渓谷によって分断されていた。

瞬時に気化した物質は衝撃波となって〈島〉を左右に押し退け、粉砕し、巨大な波紋を描きながら拡散してゆく。

照準望遠鏡は確かに接近するハウンドを狙っていた。

しかし砲身は〈島〉自身に向いていた。

砲台を去る前、亜紀はプラズマトーチで照準望遠鏡を切り離し、異なる角度で溶接したのだった。

亜紀の直観は正しかった。照準望遠鏡にはいかなる調整機構もなかった。彼らが作るものはいつも完璧だ。したがってフェイルセーフ機構も持たない。

長い時間をかけて〈島〉は確実に崩壊していった。

自重を支えていた推力が広範囲に停止したのだろう――分断され、安定を失った〈島〉は徐々に傾き、ついに転覆し、輝くリングを祭礼のようにしたがえて落下していった。

それが太陽に呑み込まれるさまは、地獄の蓋が開いたようだった。プロミネンスの紅蓮のアーチとフレアの閃光が渦巻く中、原子にまで分解された物質はプラズマの爆風となって太陽を脱出した。膨張する波紋はみるみるうちに星系外縁に達し、恒星間の深淵に溶け込んでいった。

その爆風は生き残ったリングにも回復不可能な動揺を与えた。天体が位置ポテンシャルを保つ最も安定な手段は軌道運動であり、太陽系のすべての天体がそれを選択してきた。一度軌道に乗れば、たとえ自身が崩壊しても墜落することはない。

強靭に思えたリングの定位機構にこれほどの耐性はなかった。ひとたびカタストロフが始まると、それはやすやすと太陽の餌食になるのだった。

艦長は亜紀とペールを共有区画に呼び出すと、密かに持ち込んでいた蒸留酒の封を切った。

「まだ救ったとは言えませんよ。水星の自動工場がある限り、また同じ物を造りはじめるでしょう」

「そのつど壊せばいいのさ。いずれ水星の資源が底をつくだろう。そのまえに水星攻略の手段が見つかると思うがね」

「人類を救った勇者に乾杯!」

吸入容器が鈍い音をたてる。

酒を味わうには無粋すぎる容器だった。亜紀は中身を空中に押し出して小さな琥珀色の玉にした。しばらく香りを楽しんでから舌にのせると、それはたちまち全身に浸透した。

「毎回、同じ手で壊せればいいんですけど。もし今回の崩壊を学習していたら……」

「こちらも新しい手を考えるさ。それが知的生命ってもんだ。それより気がかりなのは、連中の船団だな」

すでに地球から多くの知見がもたらされていた。

天文考古学者たちはあきらめかけていたが、疲れを知らないエージェント・ソフトウェアがそれを発見したのだった。天界の特異現象がタブー視されていたヨーロッパと異なり、東洋にはありのままの記録が眠っている。そして気の遠くなるような古文書画像のマッチング作業をへて、明朝の農耕誌がピックアップされたのだった。

永楽二十二年(一四二四年)、参星すなわちオリオン座の三つ星のそばにひっそりと輝く新しい星が生まれた。星は十四年にわたって輝き、突然消えたという。

四十四光年の距離を加味すれば、彼らは一三八〇年に母星を旅立ったことになる。

減速用レーザーがまもなく稼働したとすれば、船団は二〇三六年に太陽系で停止する。

六百五十年の旅だ。

巡航速度は光速の六パーセント。彼らはすでに太陽系から〇・四光年、オールト雲のただ中に来ている。

その到達速度と減速用レーザーの推定性能から船団の規模も見積もられた。換算はさまざまだが、アイランド3型スペースコロニーに相当する船なら五百隻。生きた人間なら数億人を収容できる。

減速に失敗した船団は、早ければ八年後、太陽系を通過するだろう。気の遠くなるような旅をしてきたのに、最後の最後で汽車は駅を通り過ぎる。彼らの無念は想像に余りある。

「おとなしく行き過ぎてくれればいいんだが」

美酒に頬をゆるめて、キンダースレイは何気なく言った。

「何者かが減速用レーザーの建造を妨げたことは、まもなく彼らも知るんだからね」

亜紀は喉の奥に、ふいにしこりを感じた。

なにもかも承知の上でしたことなのに、その思いはいまも、未知の言葉による無数の怒号となって胸を圧す。

目的は探査でも交易でもない。

彼らは先遣隊もなしに大船団を組んだのだ。

盲目の、途方もない生への執着。

「彼らは知的生命の存在を想定していなかったんです。グレーザー砲も純粋にメテオロイド防御のためにあったんでしょう。侵略を試みたんじゃなくて。だから」

ゼロG下では始末の悪い液体が目にあふれる。

「だから。私が、したことは」

「いいんだ」

艦長の大きな手が亜紀の肩をつかんだ。

「我々は生き延びるんだ。それだけだよ」

にじんだ視界の中にエアロックの内扉があった。

そこに消えた機関士の顔がよみがえる。

なんの代償も求めずに命をさし出した男。その静かな微笑み。

人間は自分を棚にあげるのが得意な動物だ。生きていれば、彼も同じことを言ったにちがいない。

生き延びるんだ。それしかない。

第二部　フィジカル・コンタクト

第一章　心の理論

ACT・1　2024年3月11日　午前9時

ヒューストンを発ったときは快晴だったが、着陸は濃霧のなかになった。

オークランド空港には黒のリムジンが待っていた。亜紀は眉をひそめた。普通乗用車の三倍はガソリンを消費しそうだ。こんな車があの飢餓と騒乱を生き延びたこと自体、ひとつの驚きだった。

亜紀は迎えの者に言った。

「ありがとう。でもこんな送迎なんかいらないのに」

「ですが地下鉄《BART》は一日中大混雑なんですよ。治安もよくありませんし」

「ラッシュならたぶん皆さんより耐性があるわ。東京もそうだったから」

亜紀はボディガードをつけていない。UNSDF本部のオフィスには秘書を置いているが、いまは一人だった。あまり節制を貫くとかえって周囲に気を遣わせるので、ほどほどで折り合いをつけている。UNSDF特別顧問、ノーベル平和賞に輝く地球の救世主としては、致し方のないところだった。

四車線のフリーウェイはがら空きで、運転手は濃霧になんの不安も感じていない様子だった。

「このあたりは霧が多いというけど、昔からこうなの？」

「こんな濃い霧がどかんと来るのは、去年あたりからです。でもじきに晴れますよ」

その通りになった。バークレイの丘陵地にさしかかる頃には霧はあらかた晴れて、サンフランシスコ湾が一望できるようになった。

テレグラフ通りの商店はまだ半数がシャッターをおろしていたが、名物の露店はむしろ増えていて、かつてのにぎわいを取り戻しているように見える。

車はカリフォルニア大学バークレイ校のキャンパスに入った。セイザー・タワーの尖塔を左手に見ながら、入り組んだ通りをのろのろと進む。

地球外文明コミュニケーション・センター《ETICC》の前に出た。意匠を凝らした周囲の校舎に較べると、およそ面白味のない、四階建てのビルだった。大学構内にもかかわらず周囲に柵を巡らせ、サブマシンガンを持った兵士が出入り口に配置されている。ここはUNSDF

の軍事施設でもあるのだ。亜紀はハンドバッグからIDタグを取り出して、ジャケットの襟元につけた。

ETICCはビルダーとの意志疎通をはかる専門機関として二年前に創設された。それまでの十六年間にわたる、リングおよび水星との対話の試みは終了している。リングの用途が異星船を太陽系に停止させるためのレーザー送出にあるとわかった時から、人類の関心はその照準先に転換したのだった。

ETICCはスーパーコンピュータを備え、異星船の観測にあたる世界中の天文台をネットワークしている。目標はオリオン座の一点であり、地球が自転するとともに異なる施設がそれを照準して、送受信を引き継いでいる。軌道上には新たにレーザー送信施設が建設され、常時強力なビームを送っていた。このレーザーはもちろん異星船の減速には役立たないが、通信目的には充分な出力があると考えられている。

亜紀は所長室でダン・リギンズ所長と握手を交わした。二十歳も年上の相手だが、そのまなざしには敬意と、いくらかの警戒が宿っていた。

なにか当たりさわりのない話題から始めるべきなのだろう。各国の要人と日常的に接するようになって、亜紀もそうした交際術を身につけはじめていた。しかし相手が科学者なら、そんな遠慮はせずにすませたい。

「この訪問は査察ではないんです。ビルダーとのコミュニケーションが成立しない理由について、個人的に理解したくて来ました」

相手は儀礼的に笑顔を浮かべたが、探るような目はそのままだった。亜紀は付け加えた。

「明日にも解決すると期待されたものが、実は底なし沼だった。ここで取り組んでいるのも、そういう科学のひとつだと思っています」

所長はわずかに目尻をさげ、亜紀にソファをすすめた。

「飲み物は」

「ペリエを」

所長はグラスを二つ持って、亜紀の向かい側に腰を下ろした。

「そう……これは初期のSETIにあった楽観的なムードに似ています。いえ、自分で直接体験したわけではありませんが、私の恩師が携《たずさ》わっていた」

「オズマ計画ですか」

所長はうなずいた。

「地球外に高度な文明があるとしたら、我々が気づくように無線信号を送っているのではないか。星々のすべてに文明があるとは思わないが、百万にひとつでも相当な数になる。銀河には数千億の恒星があるんですからね。その電波を受信しようというのがSETIです。おっと、これでは易しすぎますかな」

「いえ。私もＳＥＴＩの研究現場にいたわけではありませんから」

「あれが始まった頃は、それまで誰も試したことがなかったから、期待も高かった。アンテナを宇宙に向けたとたん、濡れ手で粟の収穫になるかもしれないとね。ところが蓋を開けてみると、さっぱりだった。以来四十年間、確実に異星文明のものとわかる信号は一度も受信できなかった。電波だけでなく、光学観測もしました。地球外文明の存在を示す最初の証拠は、電波や光など遠距離を渡るにふさわしい媒体によると確信していました」

「そこへリング建設が始まった――」

「そう。通信が先だと思っていたのに、物質が先に届いたわけです。ＳＥＴＩ研究界は面目を失いました。しかしあなたのご活躍で地球外知性の存在は確かめられた。天球上の位置も特定できた。距離はたった〇・四光年、一番近い恒星の十分の一しかない。名誉挽回のチャンスでした。この距離なら我々の技術でも確実に信号をやりとりできる。最初のメッセージを送ってから十カ月後にはなんらかの返信があるものと確信していました」

返信予定日から一年以上が経過している。順調なら二往復目の交信にかかっているはずだった。

「まだ交信が失敗したとは言えないですよね。所長がおっしゃったようなスケジュールは、減速レーザーの完成や運用開始の日程によって変わる」

「そう信じたいのですが。しかしもう二年です。見積もりの二倍半を待っても返事がない

「ありふれた質問をしていいでしょうか」

相手はうなずいた。

「彼らがこちらの呼びかけに気づいていない可能性は」

「皆無、と考えています」

その声は揺らぎがなかった。

「メッセージを電波に乗せるだけなら、受信していない可能性はあります。しかしレーザー送信をしていますからね。異星船は減速レーザーの光束をサーチしているにちがいないのです。いかに高精度の照準をしようと、〇・四光年も離れていれば誤差も生じますし拡散もします。ビームを探して、その光圧が最も大きくなる位置に船を誘導しなければなりません」

「遠方から見れば、私たちのレーザーは太陽と重なって見えるはずですね？」

例の明朝の文献から、異星船の推進に使ったビームは可視光だったとわかっている。その帯域は太陽光の輝度のピークでもある。

「そうです。しかしレーザーは単色光ですからスペクトルの中で鋭いピークを作ります。それにある程度遠方から見れば、相対的に太陽の明るさは弱まりますから、我々のレーザーが埋もれることは考えられないんですよ」

となると――

亜紀はうなずいた。巧みに設計されたETICCのレーザーが、スペクトルを連続的に変えながら送信していることは知っていた。たとえ異星人が特定スペクトルにのみ関心を払っていたとしても、必ず合致する時がくる。

「では次の関門ですね。レーザーが信号を乗せていることに、相手が気づくかどうか」

「減速レーザーが完璧に作動していても、ビームを彗星か何かが横切れば光は遮《さえぎ》られます。だから、そうならないかどうか、異星船は時系列にそってモニターするはずですね」

「ええ」

「そのレーザーが断続して、規則的なパルスを作っていたら、その原因に関心を持たずにいられるでしょうか？」

「想像できません」

「単純なパルスの繰り返しなら天然にも存在しますが、我々のはより高次のフォーマットを持っていますし、なにより帯域幅がまるでちがいます」

地球人なら必ず関心を持つだろう。パルスを記録し、時間軸に沿って並べ、そこにどんな情報が乗っているかを調べるはずだ。

ビルダーの地球文明に対する徹底した無関心は、この事件における最大の謎だった。これがどうすれば知性と両立するのだろうか。知性とはすなわち、関心を持つことではないのか。恒星間飛行という大事業に挑みながら、目的地に関心を持たずにいることが可能だろうか。

「ビルダーの無関心を説明するモデルは提案されていますか」

どれも決め手に欠けるのだがと断ってから、所長は言った。

「ひとつには、異星船はすでに難破しているというものです。なんらかの事故にあって」

「しかし減速レーザーの規模からすると、彼らは船団を組んでいる可能性が高いでしょう?」

「そうです。たとえ単一の船でも、あれだけのナノテクノロジーがあるんです。必ず自己修復できるでしょう」

亜紀はペリエをひとくち含んだ。

「ほかには」

「比較的有力なものとしては、モラル低下説ですね」

六百五十年もの航海だから、船内で世代交代を繰り返している可能性が少なくない。そのうちに船内のモラルが低下し、自分が何をしているかもわからず、コンピュータまかせに航海を続けている——それがモラル低下説だ。

「だとしたら、ずいぶん無様な失敗のように思いますけれど」

「そのとおりです」

六百五十年にわたって作動するテクノロジーがあるなら、それをもって搭乗者のモラルを維持できそうなものだ。老化をくい止めたり、人工冬眠を実現していてもおかしくない。

「全員が人工冬眠していて、コンピュータが船を管理しているという説もあります。しかしそのコンピュータが単純な有意信号にも反応できないのは、設計者の無関心を代弁することになります。コンピュータに応答の権限がなくても、乗組員を起こすことはできるはずですから」

所長はため息をつき、両手を組み合わせた。

「結局、決定的なモデルはありません。地球人の存在に気づきながら、応答しない理由なら考えられますが」

やはり、そうなるのか。

減速レーザーが予定の日付になっても届かない。かわりにずっと弱い、パルス変調されたレーザーが届く。同時にさまざまな波長の電波信号も届く。

無人島だと思っていたら敵対的な先住民がいたのだ。島には寄港できないが、その先には大洋があるだけ。それはおそらく、死を意味する。

そう考えるたびに胸を刺す痛みから、亜紀はまだ逃れられなかった。

そんな先住民がよこしたメッセージに、答えるものだろうか。対話によって態度を変えさせようとするのが穏当だが、敵対する存在に対して答えることは不利に働くという見方もある。

亜紀が考え込むのを見て、所長は同情的なまなざしになった。

「ここにいる誰もが、あなたのしたことを賞賛していますよ」

リギンズはそう言って、壁に掲げられたひときわ大きな写真を示した。国連旗の前でUNSファランクスの四人のクルーが笑みを浮かべている。

亜紀は小さく一礼した。

自分は無口で、能面のように無表情だと陰口される。しかしアメリカで暮らしていると、こちらの胸中を敏感にとらえて気遣われることが実に多い。自分の英語が、正確なニュアンスまで表現できているとはとても思えないのに。

これが人間どうしのコミュニケーションなのだろう。言葉は氷山の一角にすぎない。対話は多くの推論の上に成立している。

「何を語るか――」

「はい？」

「対話を始めるよう、相手にうながすメッセージを構築しないといけない。そういうことですよね」

所長はうなずいた。

「現在送出中のメッセージはご存じかと思いますが、現場をごらんになりますか」

「お願いします」

所長は立ち上がり、亜紀を先導した。

ACT・2　2024年3月11日　午前11時

送信センターは三階の一角にある小部屋で、拍子抜けするほど簡素な部屋だった。壁一面のスクリーンもなければ、ヘッドセットをつけて駆け回るスペシャリストもいない。ただし入室には網膜照合が求められた。

二つのテーブルにワークステーションが並び、それとは別にデスクが三つある。デニムに綿シャツといういでたちの男女三名が、自分のワークステーションに向かっていた。送信メッセージの作成に携わる研究者は大勢いるはずだが、それぞれ個室を与えられているのだろう。所長が亜紀を紹介すると――するまでもなかったが――尊敬のこもった歓声があがり、握手を求めてきた。

所長は「送出マスター」という札のかかったワークステーションを示した。

画面の一角にオシログラフのような表示があり、矩形のパルス列が右から左へと流れている。

「ちょうど一周したところです。ここから――」

パルスの列が長短二種類の空白で区切られている。長い空白で囲まれたパルスの数は、順に増えていた。2、3、5、7……

「素数ヘッダーですね」

「伝統的なものです」

素数列は自然界――少なくとも天然の宇宙電波には存在しないから、知性の存在証明になる。SETI研究の初期から考えられていたものだ。

十個の素数が送られると、より大きな数字がひとつ送られた。

「この数字は〝汎宇宙ファクシミリ〟の水平解像度を示しています。ほら、ここから一本めの走査線が始まります」

ファクシミリはつまり、すだれに図形を描き、それをばらばらにして一本ずつ順に送るようなものだ。その一本を走査線と呼ぶ。

オシログラフと並行して、ファクシミリの図形がスクロールしてゆく。

最初は星図だった。異星船から見たときの、太陽系とその周囲の星だ。

「時間を節約しましょう」

所長はポインタを操作してこれから送信される部分を表示させた。

太陽系内の惑星軌道図。

内惑星帯のクローズアップ。同じ図に、リングを描き加えたもの。

リングの落とす影と、地球軌道の交差。

地球上の動植物の絵。太陽のシンボルと光合成サイクルの図。

メッセージはそこで終わっていた。すべて白黒二値の線画だった。

リング崩壊後、ビルダーとの交信に関する規約は新しい段階に進んだ。それまで続けられていた知性の存在証明に加えて、地球人が日照を必要とすること、リングが日照を遮ったこと、友好関係を望む意志を伝えることが承認されている。

友好メッセージについてはまだ送信されていない。太陽系の構成やリングの影響など、具体的な事象を表現するのは比較的容易だ。しかし抽象的な意志を表現するとなると、それまでとはまったく異なる取り組みが必要だった。

「友好メッセージ案は出ていますか？　去年の学会で発表されたもの以降で」

所長は思案顔になった。

「いくつかありますが、では臨時にミーティングを召集しましょうか？」

「いえ、それには及びません」

亜紀は急いで言った。現場の空気をつかむつもりで来たのだ。視察で職員を困らせる偉いさんにはなりたくない。

そのとき、そばにいた女性が椅子を回して言った。

「あの――白石さん。よろしかったら私のラフ・スケッチを見ていただけませんか」

「喜んで。あなたは」

「ジル・エリセーエフ、心理学が専門です」

亜紀がうながすと、ジルは電子ペーパー・ブックを開いた。

線画で描かれた人間の群れ。群れの中で食事し、会話する様子。

構図がズームバックして、二つの群れが描かれる。群れどうしが交流し、物品を受け渡す様子。その次の絵では、二つの群れが抗争する様子が描かれていた。棍棒をふるう者、地面に横たわり、血を流す者が描かれている。

「これで『友好』と『敵対』が表現できると思うんですけど」

「そうね……」

群れを表現することから、友好と敵対の概念を導出する試み。

「でもビルダーに群れをつくる性質がなかったら、別の解釈が生まれないかしら？」

「はい。それがこのアイデアの弱点だと思います。でも私は、社会性が知性の出発点だとする説を支持しています。ビルダーは必ず誤信念課題をパスすると――」

「ごめんなさい、誤信念課題とは？」

「失礼しました。これは精神医学の研究から発展したもので、たとえば〝サリーとアン〟課題、それから〝スマーティー〟課題というのもあります」

心理学者はスタイラスでページの余白に図を描きながら説明した。

部屋にサリーが入ってきて人形をおもちゃ箱にしまう。サリーがいなくなってから、アンが現れて人形をクローゼットに移す。サリーが再び部屋に現れて、人形を取りだそうとするとき、彼女が開けるのはおもちゃ箱かクローゼットか？

一部始終を見ていた者にこのクイズを出すと、普通の人間なら「おもちゃ箱」と答える。チンパンジーも同じ答えを出す。精神活動に障害がある者は「クローゼット」と答えることがある。

スマーティー課題のほうは、まず被験者にチョコレート《スマーティー》菓子の箱を示し、中には鉛筆が入っていることを教える。そこへ別の子供が現れる。ここで「その子は箱の中に何が入っていると答えるだろうか」と被験者に質問する。正解はチョコレート、誤答は鉛筆。

「このテストに合格した存在は〝心の理論〟を持つと考える有力な根拠になります」

〝心の理論《TOM》〟とは心理学上の理論という意味ではない。人間やチンパンジーが生まれながらに備えている、他者の心の内面を推論する能力のことだ。

それは共同体社会の維持を円滑にし、生存に有利に働く。

そして人とチンパンジーだけが持つとされる〝意識〟もまた、心の理論を持つことによって芽生えたと考えられる。他者の内面を推論する能力を、自分自身に向けること。脳に報告されている全身の状態を、あたかも外から観察したように認識することから意識が生まれる。

「意識の成因については、仮説のひとつだと思っていましたが」

「そうです」ジルはあっさり認めた。「しかし有力な流れです」

亜紀はうなずいて先をうながした。

「意識、社会性、心の理論を持つことは不可分の関係にあるのです。もしビルダーが意識を持つなら、他の二つも備えているはずです」

「でもその社会とは、ビルダー相互のものでしょう。人間の社会が想像できるかしら。たとえば物々交換や闘争をしない社会だったら？」

亜紀が指摘すると、ジルは途方に暮れたように肩をすくめた。

「エゴイズムの存在ですね。それは宇宙共通の、進化の必然だと私は考えています。その生物に意識がなくても、子孫を残す競争の中で優位に立ったものが繁栄する。エゴイズムはそこから派生するもののひとつでしょう。しかし知性を持った生物がエゴイズムから解放されているかどうかとなると――それが知りたいからこそ、地球外知性を探求しているんですけど」

「ほんとにそうね」

ため息が出て、話はそこで途切れた。

所長にうながされて部屋を出ようとするとき、ジルの声が追ってきた。

「白石さん。我々はいつ友好メッセージの送信に踏み切るんでしょうか？」

「それは所長から答えていただいたほうが」

ところが所長は肩をすくめて言った。

「私も知りたいですな」

科学小委員会のゴーサインが必要というわけか。

「確言はできませんが、まもなく見切り発車するでしょう。しかしそのメッセージに返事がなかった時の対応を考える必要があります。別のメッセージでやり直すとき、先に送ったメッセージが相手を混乱させないように配慮しないと」

「難しいですね」心理学者は眉間にしわを寄せた。「急がせるようなことを言って後悔しています」

ACT・3　2024年3月11日　午後3時

受信センターは送信センターよりずっと広く、職員の数も多かった。部屋の一方にマルチスクリーンがあり、さまざまなグラフが表示され、絶え間なくスクロールしている。

「ここで我々が最も恐れている事態がなんなのか、おわかりですか？」

所長が言った。

「〝すでに返事は届いていた〟ですよ」

「停電ですか？」

苦心してメッセージを送信しているのに、相手の返信を見逃しては意味がない。そうならないために、オリオン座を視野に入れた電波望遠鏡からの入力は常時三系統が確保されている。いまはチリ局、ギアナ局、アレシボ局が観測に当たっていた。

宇宙望遠鏡のデータ入力も二十四時間続いている。その一次データは空から見た摩天楼を思わせるグラフで表示されていた。それはいかにも意味ありげで、つい引き込まれてしまう。

「実際にはノイズと大差ないんでしょうね」

「ええ。音にして聴いてみますか――ディック、光学チャンネル2のサウンドを」

オペレーターが操作すると、スピーカーからサーッという音が流れた。

潮騒《しおさい》というよりは、耳栓をしたときに聞こえるような、なんの色合いもない音だった。

「ホワイトノイズそのものです」

「装置の感度は充分なんでしょうか」

「そう信じています。海軍が使っている近接防衛レーザー、あれと同程度の出力を相手が持っていれば検出できます」

所長は別の表示を示した。

「受信されたデータは隣の超並列コンピュータで徹底的に分析されます。フーリエ展開して波形を分析し、規則性のあるものを見つけ出します。もちろん人間のパターン認識力も動員されます。常時八人、三交代制でウォッチします」

「そしてデータは一般公開されてもいる」

「隠す必要はありませんからね。全世界で五百万人がチェックに加わっています。そして同じデータについて十件以上の有意性報告があれば、こちらのスパコンにかけてより詳細に解析します」

「有意性報告はこれまで何件ほど？」

「もう四十万件を越したでしょうか」

分析報告自体が大量のノイズを生んでいるわけか。すべてがノイズとの戦いだ。

「さて、我々のスーパーコンピュータをご覧に入れましょう。ある意味、目の保養になりますよ」

隣室に向かいかけたとき、目の前のワークステーションがチャイムを鳴らした。

「光学チャンネルだ。セグメント四〇二から」

オペレーターが告げる。マルチスクリーン上の該当表示に赤い枠が加わる。

数人が椅子をまわしてスクリーンを観た。

「有意信号ですか」

「その候補が入ったということです。珍しいことじゃありません。二日に一度はあります」

「ですがボス、これはちょっとしたものですよ」

アフロヘアのオペレーターが言った。

「有意性、レベル四です」

直後、さらに強いアラームが鳴った。

「レベル六──あれを！」

オペレーターが示したグラフに、オレンジ色のバーが林立した。グラフの横に大量の数字が表示される。

「素数列だ。すごい、六十八桁もある。こんな数字、こちらからは一度も送ってませんよ！」

「持続性はあるか。いつからだ」

「すでに八十秒続いています」

「予備回線を確保しろ」

「了解」

室内の空気が変わった。所長はポケットから自分のオーガナイザーを取りだして開き、同じフロアにある宇宙望遠鏡オペレーション・センターを呼び出した。

「リギンズだ。そちらのデータから強い有意性を持った信号を検出している。六だ。観測状況に変化はあるか？」

『お待ちください……装置はすべて正常です。スチル画像もいつもどおりです』

「わかった。何か気づいたことがあったら知らせてくれ」

隣室の扉が勢いよく開いて、システム管理者のバッジをつけた男が顔を出した。

「トム、応援たのむ。侵入だ」

「いまそれどころじゃない、こっちはレベル六の——侵入だって？」

「クラッキングだ。その有意信号ってのは光学チャンネルじゃないのか」

「そうだ」

「だったらデマだ。そのチャンネルに偽のデータを食わせたやつがいる」

「くそったれ！」

トムと呼ばれた男が椅子から跳ね上がる。所長もコンピュータ室に入った。どうしたものかと思いながら亜紀も後に続いた。三台のオペレーティング・コンソールが並び、その向こうに防音ガラスのパーティションを介して超並列コンピュータの列が見えた。

「所内の全端末をスキャンしろ。誰か手抜きで外につないでないか」

「いまおニューのスニッファをロードする」

システム管理者と二人の助手がめまぐるしくコンソールを操作している。

「見つけたぞ、広報用のサーバーにキーストローク・ロガーがいた」

「広報の？　そこからじゃ壁は越せまい」

「バックドアは別さ。しかし利用者が無精《ぶしょう》して同じパスワードを使っていたら――」

システム管理者は四文字言葉を吐き散らした。侵入者を追う者は、結局侵入者と同じ知識を持ち、同じツールを使う。言葉遣いもまた然りだった。

所長が我に返ったようにこちらを見た。

「私の部屋に戻りましょう。恥ずかしいところを見られました」

「いえ、大事になるまえに気づいたんですから」

「こんなことは初めてです」

受信センターを出て、エレベーター・ホールに向かう。

エレベーターが来る前に、亜紀は言った。

「ここで結構です。落ち着きませんから、明日出直すことにしてよろしいですか？」

「もちろん、私はかまいませんが――よろしいのですか？」

エレベーターのドアを手で押さえながら、亜紀は言った。

「もともと一泊するつもりでしたから。明日の十時は」

「結構です」

亜紀はドアから手を離し、お辞儀をした。所長もそれをまねて、体を折ってみせた。

ＡＣＴ・４　２０２４年３月12日

翌日、亜紀は所長室で昨日の顚末を聞いた。

「犯人は学生でしたよ。ここのね」

「このキャンパス内から？」

「ええ。コンピュータ・サイエンス学科の校舎からつないでいました。まったくお恥ずかしい」

「いたずらですの？　それとも破壊活動でしょうか」

「それがですね、自分で作ったＡＩの内部状態を解析したかったというんです」

「自作の人工知能を？　それなら自分で調べられそうなものなのに」

「私もそう思ったんですがね。どうしてもこちらのスパコンがいるというんです。先月総務にかけあって門前払いされたので、仕方なく侵入を試みたというんです」

「彼は逮捕されたんですか？」

「そうすべきなんでしょうが、保留しています。ＥＴＩＣＣへの侵入を正式に裁くとなると、禁固刑はまぬがれません。学内のことですし……どうでしょうね？　ああ、パスワードを兼用していた職員は三カ月の減給処分としましたので。こちらは弁明の余地なしです」

「その学生の名前と連絡先を教えていただけますか？」

所長は驚いたように眉を上げた。

「まだ十九歳の学部生ですよ？　そのへんにごろごろしている、頭のねじが二、三本外れたような」

「彼の話を聞いてみたくなりました。学生がここをどう思っているのか、つかめるかもしれませんし」

ETICCは研究機関でありながら、軍事施設の性格もある。そんなものがキャンパスにあるというのは、どうなのだろう。侵入してみたくなるものだろうか。

所長は釈然としない様子だったが、メモをよこした。

ラウル・サンチェス。メールアドレス。名前からすると、ラテン世界からの移民だろうか。

昼食のとき、亜紀はラウルに電話を入れた。相手が出なかったので、ボイスメールにして「午後三時以降に会えるなら場所を指定して」とメッセージを残した。

午後、ETICCの視察を終えてからオーガナイザーをチェックすると返信があった。待ち合わせ場所はソーダ・ホールに近いカフェテリア。

行ってみると、そこはセルフサービスの売店みたいなものだった。カウンターの向こうに掲げられたメニューは大部分が抹消され、二種類のサンドイッチとポテト、飲み物はコーラ、トマトジュース、コーヒーが残っていた。

テーブルにコーヒーを運んで、前の通りを行き交う学生たちを眺めた。色とりどりのドレッド・ヘアやモヒカンがいる。三十四歳の自分が、ひどく老け込んでいるような気がした。顔は若く見られることが多いが、白のブレザーをきっちり着込んでいるのが、いかにもそぐわない。

ひょろりとした長身にデニムのジャケットを羽織った青年がやってきて、あたりを見回した。すぐに目が合った。もじゃもじゃの髪が黒いことを除けば、普通のアメリカ人と変わらない。髭はきれいに剃っていて、こざっぱりしている。

立ち上がって名前を名乗り、握手する。ラウルはトマトジュースを運んできて、丸テーブルの向かい側に腰を下ろした。そわそわしているが、それは精神の活発さを反映しているようでもある。

ジュースを一口飲み、改めてこちらを見て「ハハッ」と笑ったような声を出した。

「白石亜紀に呼び出されるなんて、信じられないな。本物かい？」

「ＥＴＩＣＣの所長室に呼びつければ信じてもらえたかしら」

「いや、信じるよ。最初から信じてるんだ。信じられないって言う時は、たいていそうだろ?」

「それもそうね」

「言葉ってのはそういうものなんだ。選ばずに出てきた言葉はいつもきてれつだ」

「言語学を研究してるの?」

「研究はしてない。言語と思考は別のものだ。俺にはそれで充分だ。だから研究してるのは思考のほうさ」

早口というのではないが、めまぐるしい話し方をする。少し興奮しているようだ。

「あんた、なんで来たんだ。俺はどうなる。あんたが決めるのか」

「決めるのはリギンズ所長よ。判断は保留すると言ってた。私は見学に来ているだけで、意見するつもりはないの。ETICCのシステムに侵入したのがどんな人物なのか、興味があったから」

「そういうことか」

ラウルは顔を曇らせた。

「ETICCに恨みでもあるの?」

「まさか。それに俺は侵入者《クラッカー》じゃない。利用者《ユーザー》さ」

「あなたは自分のAIの内部状態を調べるために、データをETICCに送りつけた。そう聞いたけど?」

青年はうなずいた。

「有意性レベル六まで行ったんだ。でかい素数列があったって、所長に聞いた」

「知ってる。私もそのとき受信センターにいたから。内部状態とは何？　コアダンプみたいなもの？」

「コアダンプか。そのへんのコンピュータになぞらえればそうかな。俺のＡＩはニューラルネットの塊だ。こいつにはプロセッサとメモリの区別がない。わかるかい？」

「大体は」

ニューラルネットとは神経細胞の連なりを模した電子回路のことだ。ある神経細胞にパルスが入力すると、別の細胞にパルスを出力する。細胞は一対多、多対一に連結する。

「たとえばこの飲み物を見ると、俺の視覚野は一度にいろんな分類をやる。色は赤、物質相は液体、状況はカフェテリアのテーブルだ。【赤】【液体】【カフェテリアのテーブル】にあたる神経がパルスをいろんなところに配達する。たまたま三つが重なった脳細胞はいつもの三倍のパルスを受け取る。その細胞は【トマトジュース】と命名される」

「ケチャップもそうね」

「ちがいない！」ラウルは、今度ははっきりと笑った。

「だがそこへ【カップに入っている】細胞からのパルスがあれば区別できるだろ？」

「それが内部状態ということ？　そうした神経回路のネットワークと、パルスの状態が」

「大ざっぱに言えばそうだ。結線状態に結合荷重、その他もろもろだ」

「オーケイ、じゃなぜあなたはそれを、ETICCのコンピュータに解析させなきゃならなかったの？　内部状態をETICCに送ったということは、自分で調べられるわけよね」

「問題は、俺のAIは言葉を持ってないってことなんだ。この神経がケチャップで、あの細胞がトマトジュースだ、なんてラベルがついていない」

「でも、トマトジュースを見せたときに特定の神経細胞が興奮するのはわかるんでしょう？」

「俺もそう思ったさ。だが――この先は物を見てもらったほうがよさそうだな。来るかい？」

ラウルは機敏に立ち上がると、先に立って歩きはじめた。

コンピュータ・サイエンス学科のあるソーダ・ホールに入るのかと思ったが、彼が向かったのは駐車場のトレーラーハウスだった。あちこち塗装が剝げて、ジュラルミンの生地が見えている。

「ここで暮らしてるの？」

「ああ」

トレーラーハウスはひとつではなかった。車の周りにがらくたを並べたり、洗濯物を干したりして、すっかり根を下ろした様子のものもある。

覚悟して中に踏み込む。

混沌としているが、思ったほど乱雑ではなかった。暖まった絶縁材の臭いがした。

ラウルはベッドの上でもみくちゃになっていた毛布を延ばして、そこをソファにするようにすすめた。

向かい側に小さな机と、観賞魚用の水槽がある。水槽には透明な液体が満たされ、電子回路の基板をぎっしりと差し込んだラックが浸かっていた。どの基板からもケーブルがのびていて、それが水槽の外の箱につながり、その箱は机の上のパソコンにつながっていた。

机の右には大小六枚のモニター・パネルが掲げられ、現代彫刻を思わせる不可解なグラフィックスが踊っていた。ちらちらと点滅するブロック・ダイヤグラム。朦朧《もうろう》としたサイケデリックな色彩。絶え間なく破裂しては四散する花火。

亜紀は眉をひそめた。もしかしてドラッグ中毒者だろうか。

「ええと、これがあなたのＡＩ？」

「ああ。研究室がお払い箱にしようとしたホップフィールド・チップで組んだんだ」

「コマンドはそのキーボードで？」

「コマンドはないんだ」

ラウルは言った。

「パソコンは内部状態の取り出しに使ってる。入力はカメラとネットワークだけだ」

小さなCCDカメラが、モニター群の反対側の壁にとめてあった。

「カメラに挨拶してみてくれ」

「名前はあるの」

「ナタリア」

亜紀はカメラに向かって声をかけた。

「ハロー、ナタリア。私は白石亜紀。ご機嫌いかが？」

モニターを振り返る。何か変化があっただろうか？

「こりゃ驚いた！　あんたが好きになったらしい」

「どうしてわかるの？」

ラウルは笑った。

「わかるんならETICCに侵入したりしないさ」

「からかわないで。このモニターは何を映してるの？」

「内部状態だよ。パルスのやりとりやフィールドごとの活性を視覚化してる」

「このカメラは、モニターも視野に入れてるの？」

「そう。フィードバックのためだ」

亜紀は昨日の話を思い出した。

「もしかして、〝心の理論〟をAI自身に適用させようと？」

　ラウルはこちらを一瞥した。

「そんなとこだ。初めの頃、合わせ鏡みたいなパターンが現れたのには驚いた。こいつは自分がどんな状態になればモニターにカメラ映像を再現できるか、学習したんだ。さらに驚いたのは、表示する角度を少し変えて、再帰的な渦巻き模様を作って見せたときだ。最近はさっぱりだけどな」

「電源を入れてから長いの？」

「四カ月になる。近頃じゃ何を見せても、もやもやしたままだ」

「ナタリアが飽きたんじゃ。ずっと部屋に閉じこめられて――」

「カメラはほかにもあるんだ。外の風景とかテレビ画像も見せてる。ネットワークのアクセスもさせた。勝手に買い物したりしないよう、制約は加えてあるけどな」

「一度リセットしたほうがいいんじゃない？」

「そう思ったんだが、こいつは――」モニターをちらりと見て言った。「何か考えてるみたいなんだ」

「どんなことを？」

「リーマン曲面を思わせるパターンが出たことがある。整数論めいた数列が浮かぶときもある。だがすぐに消えるし、一度限りだったりする。こっちも観察しきれない。こいつの内部状態を完全に記録すると八百ギガバイトになる。それが一マイクロ秒ごとに変化するんだ。差分をとってデータを倹約するんだが、とても記録しきれないし、調べきれない」

それでETICCの超並列コンピュータに助けを求めたわけか。

「事情はわかったわ。でもあなた、コンピュータ・サイエンス学科なんでしょう？　大学のシステムは使えないの？」

「スパコンには優先任務があるんだ。当節重要な気象モデルとか、そういうのでぶん回してる」

「だとしても、侵入を許す理由にはならないわ」

「わかってるさ」

ラウルは目をそらし、うつむいた。すねた子供のように見えた。

「面白いと思ったんだ」

「何が」

「似てるだろ」

「なんのこと？」

「あんたの好きな異星人さ。だんまりを決め込んでる。このガラクタAIとそっくりじゃないか」

亜紀は思わず水槽を見た。絶縁性の冷媒がチップの熱を運んでめらめらと対流している。

モニターにはあいかわらず、シュールリアリスティックな図像がうごめいている。

「この俺からして、ＡＩってのは人間と言葉を交わせる存在だと思いこんでた。こいつとだって最初はキーボードで対話するつもりだったんだ。だがそうなのか？　言語のない知性があったっていいんじゃないのか。人間と話のできないＡＩは失敗なのか。意志疎通できないだけで、こいつは何か考えてるのかもしれん。だが言語を必要としていないんだ。人間が言語を持つのは、そうしたほうが生存に有利だったからだ。ビルダーだってナタリアと同じじゃないのか。対話に応じないってのは」

「それは――」

意志疎通の成立性において、異星人とＡＩを対等に扱うというのか。

ＡＩにそんな問題があるなど、考えたことがなかった。ＡＩは人間の手で作られるものだ。人間と対話できることが当然のように期待されている。それこそがＡＩの定義と言ってもいいくらいではないか。

ＥＴＩＣＣがビルダーに送信しているメッセージは、相手が人間同様に推論することを期待している。パルスを五つ並べれば五という数値と解釈するだろう。固定した長さのパルス列を周期的に送ればファクシミリ画像だと気がつくだろう。その画像は自然界のありさまの二次元写像だとわかるだろう。

「でも思考と言語を切り離せるかしら？」

「さっきも言ったけど、言語が思考を規定するって考えは迷信なんだ。もしそうなら子供は言葉を覚えられない。ある言語を別の言語に翻訳することもできない。新語が生まれることもない。誰かの話を聞いたり読んだりした時、あとに残るのは言葉じゃない、概念そのものだ」

ラウルは立て板に水を流すように語った。

「そう。確かに面白い考え方ね」

「そう思うか？」

「リギンズ博士に報告しておくわ。何かの参考になるかもしれないから」

ラウルが瞳を輝かせるのを見て、亜紀は直感した。自分が会いに来たと知って、この青年が何を期待したのか。

「あなた、ＥＴＩＣＣで研究がしたいの？」

「そう思ってる。ナタリアを作った時はそうじゃなかった。だけど意志疎通の問題に直面するうち、近所に同じことで悩んでるところがあると気づいたんだ。あそこには最高のマシンがある」

「じゃあ修士課程に進んで、あそこの先生の講座を取るのね？　ヒギンズ博士とか、マクギル博士とか」

「そのつもりだ」

「応援してるわ。心でね。コネができたなんて考えないこと」

帰りかけて、亜紀はもう一度AIの様子を見た。

自分はずっとカメラの視野に入っていたはずだが、スクリーンにはなんの変化もない。語らない知性。自らの実存に悩むことはないのか。

「ナタリアの由来は？　女性の名前ね」

「難攻不落の娘さ。ハイスクール時代のな」

亜紀は目で装置の配線を追った。電源装置とプロセッサの間にサーキットブレーカーがあるのを見つけると、そのスイッチに指をかけた。

「おい――」

亜紀はカメラに向かって叫んだ。

「返事なさい、わからず屋！　でなきゃパワーを切るわよ！」

ラウルは電気に打たれたようにとんできて、亜紀の手首をつかんだ。

「やめてくれ。通じっこない！」

亜紀が視線を移すと、ラウルもそちらを見た。モニターには何の変化もなかった。

「こいつに対人関係ってものはないんだ。自己とあんたと電源スイッチの関係もない。脅したって効かないんだ」

「そのようね」

ラウルは額に汗を浮かべていた。

「あぶない奴だな、あんた。肝を冷やしたぜ！」

「クラッカーに言われたくないわ」

「そっちはノーベル平和賞だろうが！」

「それが何を保証するというの」

亜紀はため息をついて、壁にもたれかかった。

「私は複雑なのよ。たぶん、ほかのみんなと同じくらいにはね」

どうしたというのだろう。リギンズ所長の前では抑えていられた、うまく飼い慣らしてきたつもりでいたあの感情が、その代用品を前にしたとたん鎖を切って暴れるとは。

亜紀がビルダーに対して抱くのは、興味や罪悪感だけではなかった。マーク・リドゥリーが命を捧げて守ったものに、彼らは関心を示さない。問いかけに答えようともしない。

「ビルダーとのコミュニケーションは成立しているわ。少なくとも一度はね」

「なんのことだ」

「私はリングを破壊し、彼らの停止手段を封じた。相手に対して、ある自覚的な働きかけを持つこと——それがコミュニケーションでしょ？　これだけは相手に伝わってる。間違いなく」

言葉は介していない。自らのテクノロジーに絶対の自信を持った存在が、予定した期日にレーザーが届かないことを知る。そのとき彼らは太陽系に誰かがいると考え、それを意識しはじめるはずだ。

届くべきレーザーが届かないこと。それもひとつの情報であり、光速度で伝播《でんぱ》したことには変わりない。意図を悟るのが、レーザーの到着予定日を過ぎてからだとしても。

ラウルはじっとこちらを見ていた。

「だろうな」

「私はビルダーとの対話を最悪の形で始めてしまった。どうすればいい？」

「って、そりゃあ……」

「どうすれば仲直りできる？　相手が機嫌を損ねたとしたら？」

ラウルは腕を組み、頭を振った。

「あんたはほんとに電源を切っちまったんだからな。奴らに対しては」

「息の根を止めたわけじゃないわ。いまのところは。基板を何枚か引っこ抜いたようなものよ」

「じゃあ、戻してやるのが先決じゃないのか」

「戻す？」

「仲直りってのはそういうことだろ。元の状態に戻すんだ」

第二章　国連宇宙防衛軍

ACT・1　2024年4月22日

「ものは相談なんだがね、艦長」

「あと二時間の辛抱です」

モーリーの申し出を、艦長はすげなくさえぎった。時間と規則の遵守が彼の哲学だった。

モーリーとてその哲学に異存はない。しかし三十分もたたないうちに自分のコクーンを出た。エアロックモジュールに移動し、ハードシェル・スーツに潜り込む。予備呼吸は不要だが、念入りに装備を点検して時間をつぶす。

定刻になって、艦長から許可が下りた。

「サンプラー帰還より六時間が経過した。感染の兆候はみられない。博士、どうぞ古巣に戻って研究を再開してください。気をつけて」

「そうさせてもらうよ」

エアロックを出ると、モーリーは船首に体を向けた。

いつもの眺め。終わることのない金環食《きんかんしょく》がそこにあった。

四カ月前ここに来たとき、太陽系にまだこんな偶然が残されていたことを知って感じ入ったものだった。そこは太陽－金星系のラグランジュ２ポイントで、常に金星と太陽が並んだ直線上にある。みかけの直径は太陽がわずかに大きい。

終わることのない金環食。光輪の内縁は金星の大気を透過して血のように赤い。それはいま金星で起きている朝焼けと夕焼けの総和だった。

ここなら金星が強すぎる日照をうまくさえぎってくれるし、金星大気は宇宙船の制動や推進剤の補給に利用できる。しかしＵＮＳＤＦの前線基地としてここが選ばれた最大の理由は、安全面からの検討によるものだった。

ここより内側には、まだリングの残骸が浮遊している可能性がある。ここことて安心というわけではないが、金星の重力と公転運動があの危険なナノマシンを掃き清める効果があることは気休めになった。

もっとも、自分の仕事といえば、わざわざ水星軌道の内側から採集してきた人喰い細胞を目の前の顕微鏡に差し込んで観察することなのだが。検体の扱いには人間の手のしなやかな動きが不可欠で、たとえ至近距離からでもテレ・ロボティクスに頼るわけにはいかなかった。

「外扉閉鎖確認。これより船を離れる」

「了解」

モーリーはガスジェットを噴射して、三百メートル先のリング物質研究施設《ＲＭＲＦ》に向かった。

ＲＭＲＦは無人だった。六時間前に水星軌道から帰還したサンプラーがドッキングしているが、これも無人だった。機関は停止しているが、放熱翼はまだ熱輻射《ねつふくしゃ》を続けていた。

専用のエアロックを通して、サンプルはＲＭＲＦ内に自動搬入されている。六時間も待ったのは施設への感染を検出するためだった。リング物質は内部に強力なエネルギーを貯蔵しており、あらゆる物質を食い荒らす。

サンプラーはいまも水星から射出されているリング物質を宇宙空間で回収して持ち帰る。帰還中に防護殻を脱ぎ捨てるが、船体が汚染されている可能性は少なくなかった。この四カ月ですでにサンプラーを一機失っている。サンプラーに異常がなくても、潜伏しているリング物質がＲＭＲＦに感染しないとは限らない。

ＲＭＲＦのエアロックに入り、慣性と戦いながら外扉を閉めにかかる。

自分の船が視野一杯に見えた。

船首に並ぶ六基の個人居住モジュール、遮光膜を張った全長百二十メートルの楯。卵形の十八基の燃料タンクと二基のＮＥＲＶＡⅢエンジン。それらがトラス構造のキールにしっかりとからみついて、巨大な恐竜の骨格を形作っている。

ＵＮＳＤＦの三番艦、原子力宇宙戦艦ＵＮＳＳチャドウィック。

一番艦ファランクス、二番艦ラザフォードは来年のリング破壊ミッションに備えて地球低軌道ステーションで整備されており、そこでは並行して四番艦の建造も進んでいた。地球上の各地では五番艦、六番艦のモジュール制作も進んでいる。

量産効果でコストダウンが進んだものの、いまだ一隻あたり四百億ドルの建造費がかかる。しかし宇宙人の侵略こそは国際紛争を鎮める特効薬であり、各国の国防予算を投入すれば捻出できない額ではなかった。

水星の自動工場はいまもグレーザー砲に守られ、倦《う》むことなくリング物質を宇宙空間に放出し続けている。定期的にリングを破壊しなければならないし、異星船の太陽系フライバイにも備えなければならない。国連安全保障理事会は、満場一致でＵＮＳＤＦ宇宙艦隊の増強案を採択したのだった。

スーツを脱ぎ、円筒形の実験モジュールに入ると、モーリーは届いたものを慎重に隔離ステージに移した。二十個まで区分けしたところで検鏡にかかる。顕微鏡の微動ＸＹテーブルにステージを差し込む。リング物質は真空で容器と絶縁され、微小な隙間に静電場で固定されている。

スキャン開始。現場でオペレートする特権をしばらく味わってから、顕微鏡の出力をデータリンクに乗せた。

「ミクロの航海を始めよう。見えているかね？」

「鮮明です」

まるで隣にいるような明瞭な声で、船のコクーンからナスターシャが応じる。

危険を最小限にするため、リング物質に近づくのは自分一人だが、船には三人の科学者が待機している。このシフトではナスターシャが相棒だった。

二人は無数のリング物質が散らばった海をスクロールさせていった。

それは珊瑚の破片、星砂を思わせた。粒子のひとつひとつが微小な自己増殖ロボットであり、宇宙船なのだ。多様性はとぼしい。これまでに出会ったのはたった四種で、〝のっぽ〟〝だんまり〟〝タンカー〟〝三つ叉〟とあだ名されていた。

〝のっぽ〟は完成した構造物の主要部分をなす大型の細胞で、それが結合してできる格子の中を他の細胞は自由に移動できる。

〝だんまり〟は動きが少ないために名付けられた。機能はよくわかっていない。リング物質は多様な元素から同じ機能を持つ細胞を構築する。価電子の異なる元素を組み合わせてメタ原子を組み立てるのだが、それに必要な帳尻合わせに〝だんまり〟が利用されているとする説が有力視されている。

〝タンカー〟は陽電子を高密度に保持する大きな冷却チャンバーを持っている。陽電子の生成機構はまだ解明されていないが、リングがその形状であるのは、陽電子を最高の効率で生成するためだと考えられている。

〝三つ叉〟の機能は不明だが、数万にひとつの割合で三本の腕が分離したものが見つかる。中央のハブ部分にはジョイントのような器官があった。ここに結合する別の細胞があるはずだ。

どこかに未知の、第五の細胞があるにちがいない。

二人はそれを求めて航海を続けた。

ＡＣＴ・２　２０２４年５月13日

旗竿の列と背後にそびえる議事堂の白い壁は前世紀のままだった。色とりどりの国旗が五月の風に揺れている。

国連職員を示す青いバッジをかざし、ボディチェックを受けてゲートを通過する。そこからはもうアメリカの主権が及ばない、国際領域だった。ロビーには各国から持ち寄られた、血塗れの二十世紀を物語る芸術作品が並んでいる。

安全保障理事会の議場に入る。東側を占める壁画と向き合うと、亜紀はいつも立ちすくむ。絵に見られている気がする。未来の平和と個人の自由を象徴するといわれるこの絵は、七十年前からここで世界の舵取りを試みる者たちを見つめてきたのだった。

円卓につく。自分の名札にある肩書きはUNSDF科学小委員会特別顧問。

その肩書き以上の力が、自分にはある。太陽系の救世主がネットワークでスピーチすれば、人類の過半数を従わせることができる。アメリカ大統領もうらやむほどの影響力を持つUNSDFスポークスマンとしての役目を亜紀は担い、忠実に演じてきた。

今日はちがう。初めてオリジナルな意見を打ち出す日だった。

議長の指名を受けると、亜紀はオーガナイザーにメモリーした資料を送出した。各議席の小スクリーンと壁面の大スクリーンがいっせいにまたたく。

タイトルは『新たなる停止手段』。

そこに図示されたのは、黄道面に垂直に立ち上がる、直径八千万キロのリングだった。

「これはビルダーの船団を安全に太陽系内に停止させるための提案です。建造は決してたやすくありませんが、その仕事の大きさに較べれば我々の負担はわずかです。これが成功すれば、いまも再生を繰り返すリングを、そのたびに破壊する作業から解放されます。

ごらんの通り、アイデアはとてもシンプルです。これまでのリングは水星軌道面に設置されていました。それは黄道面、つまり地球の軌道面と数度しか離れていないので、地球に長時間影を落とします。新しいリングは黄道面に垂直です。これならごく短期間しか日照を遮りません。そしてリングの設置面にオリオン座を含めれば、減速レーザーを稼働させることができます」

相手は科学者ではない。ごくかいつまんだ説明を、十分ほどですませた。

「我々にそんな大工事が可能かね」

黒人の委員が言った。ペンタゴンから派遣されている男だ。

「水星に近寄ることすらできないのに、新しいリングを黄道面に垂直に配置するなんて。噴きあがる毎秒八万トンの流れの向きを変えるだけでもいまの我々には夢物語だ。仮にそれができても、リング物質は自分で決められた位置に移動するだろう」

「マスドライバーの向きを変えることは考えていません。おっしゃる通り、リング物質は自分で移動します。ですから個々のリング物質を再プログラミングしてやればいいのです」

「あの粉末みたいなものに、かね」

「リング物質には再プログラミングを許し、それを自ら広める窓口が必ずあるはずです。そのプログラム——いわば遺伝情報ですが——を水星の製造元に感染させてやればいいのです」

「それができたとしても、世界がついてくるかね。リングのせいで直接間接に八億人が命を失った。このうえ新しいリングを作るなんてお人好しにもほどがある」

別の委員が言った。理学博士号を持っているが、研究現場を退いてもう二十年になる男だ。

「あれは不幸な事故だったのです。ビルダーはなんらかの理由で太陽系に知的生命がいることをまったく想定していなかった。おそらく宇宙には自分たち以外に知的生命は存在しないと考えたのでしょう。我々人類も事件の前はそう考える人が少なくありませんでした。しかしこうして地球外文明の実在が明らかになったいまでは、事実の前に新しい対応をとるべきです。彼らの船団を見殺しにしてはならない。停止手段を再建して彼らを出迎えるのが我々の使命でしょう」

「我々の使命は防衛だよ。ビルダーたちには静かに通り過ぎてもらいたいね」

「リングを破壊したことは敵対行動と解釈される可能性があります。彼らは太陽系フライバイの途中に報復行動に出るかもしれません。友好関係の樹立こそは最良の安全です。リングの再生は、どんな言葉も必要とせずにその意志を示すことができるのです」

「もう充分じゃないか。君の望んだリング物質の研究にはずいぶん予算をつぎ込んでるんだよ。そのために宇宙艦を一隻まわしてるんだ。友好の樹立というなら、ＥＴＩＣＣの語りかけで充分じゃないか」

「それでは不充分です」

「切実な問題から着手すべきではありませんか、ミス白石」

議長が言った。

「あなたの前向きな姿勢には共感します。しかし我々は最悪の事態に備えなければならない。早ければ六年後の太陽系フライバイにどう対処するかです。地球人は彼らの大事業を妨害した。それが植民だとすれば、後続のために地球人を一掃しようとするかもしれない。彼らは百五十億トンの質量をもち、光速の六パーセントという途方もない運動エネルギーを保有しています。ちょっと進路を変えて体当たりするだけで、いとも簡単に地球を壊滅させられるのですよ」

「だからこそ、リングを再建しようと言っているのです」

「最初のリングには少なくとも十六年の歳月を要したじゃありませんか」

「間に合わないとは限りません。いまも水星の自動工場は稼働し続けています。このことはビルダーたちがリングの再建をやり直すだけの時間を残しているとも考えられます」

「彼らは自らのテクノロジーに絶対の自信を持っている。誤差や失敗など想定しない――あなたは〈島〉でそう感じたと述べてきたではありませんか」

「それは、そうですが」

「世界はまだ飢えているのですよ。限られた予算を望みの薄い計画につぎこむことはできません。そして最悪の事態に備えることは、誰もが納得する投資なのです」

それ以上の抗弁はできなかった。亜紀は沈黙した。

次に提出された議題は「ビルダーによる太陽系フライバイへの備え」だった。

彼らの報復に備えること。それが誰もが納得する投資なのか。

亜紀は議論に集中できず、ぼんやりと壁画を意識していた。


会議の後はパーティーにつきあわされた。ぐったり疲れてホテルに戻り、二杯目のワインを飲み干したとき、亜紀はパシフィック・タイムならまだ宵の口だと気づいた。

オーガナイザーを開く。アドレスはまだ履歴に残っていた。相手はすぐに出た。

「ハロー。私がわかる？」

『あんた、白石亜紀か。どこにいる。ETICCに来てるのか？』

「ニューヨークよ。聞いて。あなたの提案を安全保障理事会にかけたの」

『なんだって』

「ビルダーと仲直りしようって提案よ。言葉を使わずにね」

『そりゃすごいな、どうやるんだ』

「機密事項。でも却下されたわ。がっかり」

『なんだかわからないけど、そりゃ残念だな』

「そっちはどう？　ナタリアとは進捗《しんちょく》はあった？」

『あれか』少し間があった。『あれはもうオフしたんだ』

「オフって、まさか電源を切ったの？」

『ああ。ＡＩをやってる教授をつかまえて話を聞いてみたのさ。そしたら、ありふれた失敗例だって言われた。非線形方程式がローカルミニマムに落ち込んで解を見つけ損なってるんだと。そういうことらしい』

「そう。残念ね」

少し酔いが醒めた。電源を切るのはつらかったろう。

『だけど改良してみるつもりだ。あんたもだろ？』

「え？」

『改良してやり直すのさ。その、仲直りする方法ってやつを』

亜紀はくすくす笑った。自分がなぜ彼に電話しようと思ったのか、わかった。

「もちろんよ。簡単にはあきらめないわ」

ACT・3　2024年6月20日

「静電場をゆるめてみよう。まず半分だ」

「八十パーセントで始めましょう。慎重に」

「わかった。記録は取っているね？」

「最高密度で記録しています」

モーリーは接眼鏡を覗きながら、固唾《かたず》を呑んだ。

こいつは格別に活きがいい。苦労して採取しただけのことはある。

これまでサンプラーは水星から遠く離れた場所でリング物質を回収していた。六度目のサンプラーは思い切って水星防衛ラインぎりぎりまで近づけてみた。マスドライバーから打ち出されたばかりのリング物質なら、それだけ〝鮮度〟が高いと考えたのだった。その試みは失敗に終わった。物質の空間密度が高すぎてサンプラーが破壊されたのだ。

残り少ない予備機を投入して、モーリーはもう一度、新たなサンプル採集を試みた。しかし、顕微鏡下にいたのはおなじみの細胞ばかりで、新しい発見はないように思えた。しかし、歴史的発見の多くがそうであるように、充分な洞察とちょっとした手違いからそれは姿を現した。

モーリーが誤って古いサンプルの残った容器を使ったとき、新旧の細胞の間を何かが飛び移るのが見えたのだった。

発見が遅れたのも無理はなかった。既知の細胞に較べると、それは猫についた虱《しらみ》のようなものだった。求めていた第五の細胞は、他の細胞の内部に寄生していたのだ。

　モーリーとナスターシャはリング物質を固定していた静電場を緩和して、そのふるまいの観察にとりかかった。ナノマシンは小刻みに振動しはじめた。

「まだ自由に泳動できないようだね」

「五十パーセントでいきましょう」

「そうこなくっちゃな」

　二人は時を忘れて危険と隣り合わせの観察を続けた。

　四時間後、その第五の細胞が〝三つ叉〟と出会い、連結した時には祝杯を上げたい気分だった。

　ナスターシャが思い出したように尋ねた。

「命名はどうします？」

「〝メッセンジャー〟だよ。それしかあるまい」

「現段階でそこまで踏み込みますか」

「予想されたモデルにこれほどよく一致していてもかね？　これは最後のピースだよ。間違いない」

　モーリーは確信を込めて言った。

「私の考えが正しければ、〝メッセンジャー〟は単体で扱う限り無害だ。こいつの仕事は情報の伝達と複製にすぎない。どうだろう、もはやこのやっかいな静電場で保持する必要はないんじゃないか？」

ナスターシャは恩師の顔をじろりとにらんだが、すぐに言った。彼女も検体を自由に扱えないのには辟易《へきえき》していたのだった。

「賛成です。それなら以後の作業は何倍もはかどるでしょう。〝メッセンジャー〟だけを濾《こ》し取る、ふるいのようなものが要りますね」

二人はRMRFの光学加工機械を使って〝メッセンジャー〟専用の分別器を作った。

それは首尾良く機能した。数百個のサンプルを単離できたいま、破壊的な検査をためらう必要はない。サンプルを走査トンネル顕微鏡にかけ、表面の原子をはぎ取りながら内部を解析する。

すべてのデータを取り終えたとき、モーリーは言った。

「地球に送信しよう。白石亜紀がお待ちかねだ」

ACT・4　2024年8月14日

入念に準備した記者会見の前半は、映像を使ったレクチャーに割かれた。亜紀はオーガナイザーを操作しながら、これまでの研究成果をおさらいした。

「リング物質は技術者たちがナノテクノロジーと呼んで夢見てきたものです。それは機械というより生物に近い。わずか数種類の細胞から、驚くほど多様な――事実上無限の構造物を組み立てることができるのです。

真空の宇宙空間で生物のようなものが活動できるのかと疑問に思う方もいるでしょう。微視的に見れば、我々の知る生物はすべて液体中でしか機能しません。細胞は膜によって自分自身を囲い、内部を液体で満たしながら増殖してゆく。しかし細胞膜は外界と断絶するのではなく、複雑で巧妙な機構によって物質と情報をやりとりします。

しかしそれは地球上で発生した生物の話です。地球上では、フル装備の宇宙飛行士は水中でないとまともに動けない。宇宙空間に水がないからといって、彼らが動けないなどと考える人がいるでしょうか？　宇宙こそ彼らが本領を発揮する場所です。

リング物質も同様です。これは鉱物結晶が気相生成するプロセスに似ている。結合の腕を伸ばして空間を自由に泳ぎ回る。その遊泳は制御されていないにもかかわらず、最後には必ず収まるべき場所に収まります」

それから亜紀はリング物質の顕微鏡映像を示して順に説明していった。

〝三つ叉〟は新しく発見された〝メッセンジャー〟と連携する。〝メッセンジャー〟が〝三つ叉〟に取り込まれると、三本の突起が分離して遊泳を開始する。新たに生成したジョイント部分が別の〝三つ叉〟の分離をスイッチする。

この連鎖反応の目的は、〝メッセンジャー〟が運んできた情報の伝達にある。リング物質は常に動的な再構築を繰り返している。そのためには情報を運ぶ細胞がどこかにあると考えられてきた。

〝三つ叉〟は個体数が多いが、その活動をトリガーする機構はこれまで見つかっていなかった。〝メッセンジャー〟の発見で、予想されていたモデルは強く裏付けられたことになる。


レクチャーを終えたところで記者の質問を募る。

すぐに期待どおりの質問が来た。

「メッセンジャー細胞の発見は、今後のUNSDFの活動――ひいては人類の未来にどのような影響を与えるでしょうか」

「メッセンジャーを利用すれば、リング物質を意のままに操る道が拓けます。現在、UNSDF宇宙艦隊は成長段階にあるリングをそのつど排除するために、大変なコストを支払っています。メッセンジャーの保持するゲノムを解読し、書き換えたものを送り込めば、リング物質に異なる動きを与えられるのです。いわば対症療法から予防への転換です」

「つまり病原菌を感染させるようにして、リングを自滅させられると？」

「そうです。しかしもっと建設的な活用もあるでしょう」

亜紀は、たった一人の反乱にとりかかった。

「今回の発見について、私的な意見を述べていいでしょうか。このニュースをご覧の皆さん——皆さんの中には、リングがもたらした異常気象で家族や家、財産を失った人が少なくないでしょう。それは懸命に守ってきた美しい自然まで破壊してしまった。復旧にどれほどかかるかわかりません。ビルダーへの憎しみはよくわかります。

しかし私は、彼らが地球を侵略しようとしたのではないと信じています。そのことは〈島〉の防衛機構にふれたときわかりました。はっきりとそう感じたのです。彼らの防衛機構はいとも易々と裏をかくことができた。それは衝突コースにある小惑星や彗星を排除するものでしかなかった。彼らは太陽系に知的生命がいることを想定していなかったのです。

これは不幸な出会いでした。そこにはどんな悪意も介在しなかったと断言できます。人類が初めて経験する地球外文明との出会いを、怒りや憎しみで塗りつぶしていいのでしょうか。彼らの文化、芸術を知らずに、永遠に宇宙の闇に去るのを座視していていいのでしょうか。

このたび発見されたメッセンジャー細胞の改造によって、リング物質を制御する目処《めど》が立ちました。

私はリング――すなわち、彼らの船団を減速し、太陽系に停止させる機構を早急に再建するべきだと考えています。

リングを黄道面に垂直に配置すれば、地球への日照妨害はわずかです。むしろ温暖化を解消する決定打になると主張する科学者が少なくありません。万一被害が出たとしても、人類はいつでもそれを撤去できます。

いまからリングを再生しても手遅れだという証拠はありません。新しく軌道に投入された大型望遠鏡の観測にもかかわらず、船団はまだ視野に捉えられていません。彼らが水星に設置した自動工場もまだ稼働しています。そのことは、最初のリングの建造に失敗しても、もう一度やり直すだけの猶予があると解釈することができます。

なによりも、人類がリングの再建に着手することは、私たちが彼らに敵意を持たないことを明確に伝えます。ナノテクノロジーや核融合、おそらくは反物質を自在に操る文明が、戦争を克服せずにきたはずがありません。猜疑心にかられるのはやめましょう。恐れを捨てて、彼らと出会う日を想像してください。彼らの歌を聴き、詩を語る日が来ることを」

厳重に隔離されたネットワーク上で秘密会議が開かれるまでに、放送から二十分とかからなかった。

「やってくれたな。もう少し大人かと思ったが」

「解任は無理か」

「まだ無理だ。懐疑派の地盤が弱すぎる」

「北米でのオンライン・アンケートの集計が出ました。リング再建に賛成五十二、反対四十六です。逆転されました」

「だが僅差じゃないか。ほとぼりが冷めれば互角だろう」

「ですが、メッセンジャー細胞の投入実験には七十四パーセントが賛成しているのです。あれを使いこなせれば多大な利益になりますから」

「そう簡単じゃないぞ。ヒトゲノム解読だって当初はバラ色の夢ばかり語られた。ああいうものは、おっかなびっくり試行錯誤していくしかない」

「だがナノテク推進は指導者層に人気がある」

「白石亜紀のスピーチは個人の談話だ。改めて迎撃体制の必要性をアピールするしかあるまい」

「だが実際のところどうなんだ。迎撃など不可能じゃないかね。そうとなれば、白石の意見にも一理あるぞ」

「確かに……秒速一万八千キロで向かってくる物体にランデヴーするのは不可能ですし、迎撃するのも至難の業です」

「地球に落ちる隕石の平均速度は秒速二十キロ程度です。ビルダー船団はこの千倍。エネルギーはその二乗で百万倍。恐竜を絶滅させた隕石の直径が十キロメートルだとすると……彼らの速度なら直径百メートルで同じ効果を生みます」

「せいぜい二万トンか。船団のごく一部をぶつけるだけでいいわけだ」

「だが、もし地球を狙ってくるなら飛行経路は自明だ。オリオン座と地球を結ぶ線上だよ。そこに何か障害物を置いて誘導すれば、衝突させられるさ」

「恒星に対して静止する軌道は存在しませんが、どうやって配置するのですか」

「早期発見と迅速な展開で乗り切るしかないだろう」

「ですから、それがおいそれと乗り切れるものじゃないんですよ。いま資料を出します——これを見てください」

メンバーの一人が画面の一角にアニメーションを表示させた。太陽と地球軌道、オリオン座が配置されている。

「まず、戦意の確認から取り組まねばなりません。何かがオリオン座のほうから接近してくる。それがただ通過するだけなのか、地球を狙っているのかを区別するのは難しい問題です。不幸にも彼らのコースは黄道面に近いところにある。太陽と地球と物体が衝《しょう》や合《ごう》の関係——つまり一直線に並んでいるときは、彼らがどちらをめざしているかを決めにくくなります。

不確定要因はまだあります。接近してくる物体の大きさや反射率がわからない。これが戦争なら誰でもステルス性を考慮するでしょう。もしその〝弾丸〟に太陽光を散乱しない工夫があれば、光学観測は絶望的です。赤外線ならその限りではありませんが、慣性飛行しているだけの物体からの熱輻射はあまり期待できません。最強のレーダーを使ったとしても、木星より遠方の物体の探知は難しいのです」

「探知については技術革新に期待しよう。目標の破壊についてはどうなんだ」

「それも探知能力と相関しているのですが——最良の条件なら探知範囲は八十天文単位です。これで約八日前に到来を知ることができる。地球低軌道に配置したミサイルを秒速十キロで巡航させたとしましょう。コンタクトは六百万キロ先です。そこから地球まで、わずか五分三十秒。やり直す時間はありません。この時間では大部分の破片が地球に命中します。目標を地球からそらすためには五分半のうちに六千四百キロも——地球半径です——移動させなければならない。つまり破片のすべてを進行方向と直角に秒速二十キロで加速しないといけない。これが可能だと思いますか？　米軍が開発した電磁レールガンをご存じでしょう。拳銃弾ほどの物体を打ち出すのにビル一個ぶんの装置を使って、ようやくこの速度が出るのです」

回線を通して、低いうなり声が洩れた。

「有効な迎撃をするためには、充分な遠方にいるうちに発見するとともに、できるだけ遠方で接触しなければなりません。ミサイルでは遅すぎるのです。強力なビーム兵器があればいいのですが、いまの人類には実現不可能です」

「何もしないで見ていろと言うのかね？」

「そうは言いませんが」

長い沈黙の後、一人が言った。

「白石亜紀のいいなりになっておくのも手かもしれんな……」

「あきらめるのかね」

「そうじゃない。彼女の発想は柔道だよ。敵を倒すのに敵自身の力を利用する。そして彼女はリングを再生しようと言っている。悪くない考えだ。本人が自覚していないとしてもね」

「わからないな」

「つまりだな――リングを再生して〈島〉まで再生すれば、結構な付録がついてくるじゃないか」

ACT・5　2026年7月12日

UNSSチャドウィックは金星ベースキャンプを離脱し、水星に接近していた。

四百億ドルの船をリング物質に感染させるわけにはいかない。高出力のレーザー・レーダーで慎重に周囲を走査しながら、艦長は船を水星より五百万キロ外側の惑星軌道に乗せた。日照を遮る楯を太陽側に向け、センサー・マストだけを陽光の中に伸展させる。

二キログラムの〝メッセンジャー2〟を詰めたカプセルは、すでに無人貨物ロケットで射出した。そろそろ水星軌道を横切る頃だ。

モーリーは自分のコクーンで、貨物ロケットから届く映像を見守っていた。

視野の右下から左上に銀河のような光芒が横たわる。個々の粒子は見えないが、ときどき濃淡が現れ、高速で移動してゆく様子がわかった。水星のマスドライバーが射出する、毎秒八万トンのリング物質の大河だった。

心血を注いで製造した〝メッセンジャー2〟が、まもなくその流れに飛び込む。

接近するにつれてリング物質の雲は淡くなり、ついには宇宙の背景に溶け込んで見えなくなるのを、モーリーはやや意外に思った。劇的な光の洪水を期待していたのだが。

「そう、ロンドンのスモッグだってシティにいるときは気づかないもんじゃないか」

「なんですか、博士?」

「すまない、独り言だ」

「相対速度、秒速五十メートル。毎秒三千回の粒子衝突を検出中」

「流心に向かってもう二百キロ前進させてみよう」

「それまでもたないならそれもよし、か」

「そのとおり」

「ウェイポイント再設定完了」

画像に欠落が混じりはじめた。貨物ロケットのハウス・キーピング画面には無数の警告表示が瞬いている。機体がリング物質に食い荒らされてゆく様子が手に取るようにわかる。

「そろそろお別れだな」

画像がコマ落としになり、ついで最後の静止画像を映したまま〈伝送エラー〉の表示が重なった。

「テレメトリはまだ生きています。……ウェイポイント到達、カプセル分離。レトロモーター点火。分離信号確認」

「やりとげたか」

「UNSSチャドウィックはメッセンジャー2投入ミッションを完了した」

艦長が地球向けに改まった声で告げた。

「引き続き本船は観測ミッションに移行する」

メッセンジャー2は水星から軌道後方に射出される流れに乗った。流れはまずこちらに向かい、側方五百万キロを通過して後方に離れてゆく。その様子を一週間にわたって観測する。

広視野望遠鏡に可視・赤外カメラをセットして自動追尾させる。観測機器がすべて正常に作動するのを確認すると、艦長はほっとした様子でアナウンスした。

「諸君、よくやってくれた。あとはウォッチングに徹するのみだ。リラックスしてくれ。地球のニュースショーを観るのもいいだろう。これから二、三日、我々が主役だ」

「応援ばかりじゃないでしょう」

「白石亜紀の神通力にも限りはあるさ。それが健全というものだろうがね」

「私だって不安だよ。彼らほどじゃないがね」

モーリーは言った。

すべては複雑さとの戦いだった。これまでに解読できたリング物質のゲノムはわずか〇・八パーセントにすぎない。リングの成長限界と位置情報のありかはつきとめられた。しかし〈島〉を生成するコードはいまだ霧の中にある。ナノテクノロジーの活用によるバラ色の未来を描く楽観主義者もいたが、そうなるまでにあと三十年はかかるだろう。いまはただ既存のコードを手直しするだけで、新しい構造を作ることはできない。

しかしリング物質のプログラミング環境は整ったと言える。その鍵を握るのは、何万回もの試行錯誤から発見された「上位命令セット」だった。メッセンジャー2が期待通りの働きをすれば、他のリング物質のゲノムをオーバーライトするだろう。新しい上位命令は自動的に隣接する物質に伝染してゆく。

水星を脱出したリング物質は微小なソーラーセールで軌道変更する。計画通りなら、やがて黄道面に垂直な半径四千万キロの円を描いて静止し、相互に連結して新しいリングを形成しはじめるだろう。

書き換えられるのはリングの位置情報だけだ。そこに至る過程も、リングが幅三十万キロまで成長したとき〈島〉が形成されるかどうかも、その減速レーザーが正しい方向を照準するかどうかもわからない。遺伝子プログラムの柔軟性を信じるしかなかった。

ひとたび水星の引力圏を脱出したリング粒子は自由に飛び回り、その気になれば太陽系を脱出することさえできる。計画が危険視されたのはそのためだが、モーリーはその点に関しては心配していなかった。リング物質の最優先の欲求は太陽光なので、適切な範囲から逸脱すると〝不快〟になるのだ。そしてプログラムされた位置に来たとき、最大の〝快感〟を得て移動をやめる。プログラムを誤ったとしても太陽を中心とする半径四千万キロの球面から大きく逸脱することはないだろう。

メッセンジャー2投入から八時間後、リング物質の一部が水星公転面から上下に逸脱しはじめたのが観測された。

三十時間後、二手に分かれた軌道の曲線が同定された。

それは正確な対称形を描いていた。曲線の行く末を割り出すと、モーリーは狭いコクーンの中で拳を振り上げた。

「完璧なスパイラル軌道遷移だ。彼らは自分で考えて新しい目標に向かってる。太陽をきっかり四周したら黄道面に垂直になるぞ！　白石亜紀に連絡だ。お望みのリングができそうだとね！」

ACT・6　2028年10月20日

最初の成功に続き、二〇二七年四月には水星へのメッセンジャー2投入が実施された。軌道から振りまかれたガス状の物質に水星の防衛機構は反応せず、そのまま地表に達した。それからわずか二週間のうちに、水星から射出されるリング粒子はすべて新しいゲノムに書き換わっていた。

宇宙から舞い降りたメッセンジャー2がどのようにして自動工場に感染したかはわからない。しかしこれは人が日常的に経験していることだった。血液に注射された薬物は、なんら誘導しなくても必要な場所に達して機能する。無作為に攪拌《かくはん》されたジグソーパズルのピースがかみ合うように。

これでUNSDF艦隊が危険を冒してリングを破壊する必要もなくなった。亜紀が望んだ通り、新しいリングが安全な位置に建造されてゆく。

あとはリングが幅三十万キロに成長するのを待つだけだ。〈島〉が生成され、減速レーザーが稼働して、それが間に合えば――間に合いさえすれば、彼らを太陽系に迎え入れることができる。

減速レーザーの完成予定は二〇四三年。完成を早める研究も行われているが、成果は報告されていない。

船団が停止するのは、早くてもその十四年後。

そのとき自分は六十七歳になっている。充分に生きていられる年齢だ。待ち遠しいが、もし予定より早く船団が現れたら激しく落胆するだろう。それは減速レーザーの稼働が間に合わなかったのであり、太陽系での停止失敗を意味する。

見知らぬ人よ。どんな事情があったかはわからないが、どうか急がないでおくれ。どうか冗長性のある航行計画を立てていておくれ――亜紀はそう祈っていた。

「金星ステーションの人選をＵＮＳＤＦ司令部にまかせる？　どういうことです？」

科学小委員会の定例会議で、亜紀はその決議を初めて知った。

成文化していないとはいえ、リング粒子の研究に関わる人選はすべて科学小委員会で行うのが慣例だった。

「基礎固めは終わったということだよ。リングのナノテクノロジーは巨大な可能性を秘めている。広範囲にわたる応用を研究する、その人材を選ぶとなると、もはや我々の守備範囲を越えている」

「しかし……」

「寸秒を惜しんでリングを再建する作業は終わったんですよ」

別の委員が言った。

「これまで少人数による意志決定をしてきましたが、それはいわば非常手段だったんです。いつまでも我々が独裁しているわけにはいかない。そうでしょう？」

「それは、そうですが」

釈然としないながらも、最後には亜紀も同意した。

道理にかなったことにはちがいない。

かつてＲＭＲＦと呼ばれていた小さなモジュールは、いまや金星ステーションと呼ばれ、常時四十人の研究者が滞在している。交代要員や地上支援チームを含めれば千人を越える利用者がいて、科学小委員会だけで仕切るには大きすぎた。

そう思えば、肩の荷が下りた気がする。

ACT・7 2029年1月12日

「もし相手に戦意があるなら人類は勝てません。もし相手に戦意がなければ、迎撃する必要はない。相手に戦意がないにもかかわらず迎撃すれば、本物の恒星間戦争に発展する恐れがある。つまり『まず友好的であれ』ということです。それが最良の選択なのです」

コーネル大学、リドゥリー・ホールでの年始講演を、亜紀は終えようとしていた。

一人の学生が発言を求めて起立した。

「それは敗北主義ではありませんか。勝てないから友好的であろうとするのは、真の友好とは言えないと思いますが」

「勝てないからといって嘆くことはないと言いたいのです」

「では、もし勝てるとしたら。彼らを撃退するだけの充分な戦力があったら、それでも友好的であろうとしますか」

「もちろんです」

「〝囚人のジレンマ〟に当てはめて考えると、平和主義を貫いた者は馬鹿を見ることになります。ビルダーが攻撃しなければ損害なし。ビルダーが攻撃すれば人類は破滅する。人類が常に攻撃を選択していれば、少なくとも滅亡はしません」

「それは一度限りの遭遇を考えた場合でしょう。IPD――反復型〝囚人のジレンマ〟の場合、裏切りを繰り返す種族は衰退します。適度に協力する種族はゆるやかに利益を蓄積しながら長期間持続します。これはゼロサムゲームではありませんから」

「しかし今回のケースは一度限りと考えるべきではないでしょうか。選択を誤ったら人類は滅亡するのですから」

「不自然な選択に思えるなら、それは前提が不充分だからです。もし人類に互角の戦力があるならば、人類は他の天体に移住する能力を同時に身につけているでしょう。そうなれば一度の攻撃で滅亡することはありません」

「それは……そうですが」

学生は沈黙し、やがて着席した。

講堂内に低いざわめきが流れた。二、三年前までは、ここで亜紀に拍手を送る者が必ずいたものだが。

代わって女子学生が挙手した。

「どうぞ」

「率直に言って、私は不安なんです。来年は二〇三〇年。ビルダーの太陽系フライバイが最初に起こりうる年です。減速レーザーが間に合わないまま、報復を受けるかもしれない。この先十年も二十年も、ずっと不安に怯えていなければならないんでしょうか」

「何かに取り組んでみたら。ビルダーとのコミュニケーションを研究するとか」

「彼女の意見に補足したいんですが」

そばにいた男子学生が発言した。

「僕たちが不安を感じているのは事実なんです。それは実効性を持ちます。多くの人が、明日にも世界が滅ぶかもしれないと考えれば、それは経済にデフレを引き起こすでしょう。戦う準備をすることで、それに歯止めをかけられるんじゃありませんか」

「戦うことでしか、私たちは前向きになれないんでしょうか」

「あなたがリングを破壊したとき、僕は十三歳でした。町中がお祭り騒ぎになったのをよく憶えています。ファランクスの四人の乗組員の写真がどこにでも貼ってありました。人間は、やればできるんだということを、白石亜紀は教えてくれた。いまのあなたは、なんだか別人のようです。なぜ私たちに勇気を与えてくれないのでしょうか」

七年前の自分といまの自分。そんなに変わっただろうか。

あの時もいまも、迷いながら生きていることに変わりないのだけど。

「そう——あの時、私が〈島〉に降り立つまで、私にはビルダーのイメージがありませんでした。知的生命が関係しているというのも推測のひとつにすぎず、リング自体がナノマシンによる生命体だという説もあったのです。〈島〉の機能がわかって、相当な大船団がこちらに向かっているとわかった。それまでリングにばかり向いていた関心が、背後の船団に移った。しかしリングを破壊する使命があった。私は葛藤のうちに破壊を選んだのです。決して英雄的な行為とは言えません」

学生は顔を曇らせた。そして言った。

「マーク・リドゥリーの死をどう考えていますか」

「それは——」

マークが〈島〉の役割を知っていたら、迷っただろうか。

亜紀は首を振った。感染したエンジンを遠隔操作で投棄しても任務は継続できた。それでも彼は修理に向かった。残る三人を〈島〉に、少しでも確実に送り届けるために。あの時点では成功の見込みがほとんどなかった、リング破壊に賭けるために。

こんなスマートな戦いはない。マークはそう言った。人類を救うために、できることはなんでもしようとしていた。

返答を待つ学生にマークの顔が重なる。いまの自分を見たら、彼はなんと言うだろう。

「彼は勇敢でした。彼こそは真の英雄です」

亜紀はどうにか答えた。

「そうとしか言えません」

講演を終えて控え室に戻ると、主催者がにこやかに握手を求めてきた。

「ありがとうございました。とてもいいお話でしたな」

「学生たちはあまり腑に落ちた様子ではありませんでしたね」

「多様な考えがあります。容易に結論が出ることなら、わざわざ講演していただくまでもありません」

「そうですね」

帰途の飛行機の中で、亜紀は学生とのやりとりを反芻《はんすう》していた。

自分が友好的であろうとしてきたのは、ビルダーとの交流を望むからだ。しかし本当に敗北主義でないと言い切れるだろうか。もし技術水準が対等なら、迎撃艦隊を配備するのではないか。

宇宙からの侵略などありえない、恒星間の深淵を越えて太陽系を訪れた者があれば、それは間違いなく優れた知的種族であり、無条件に歓待するものと盲信してはいなかったか。

マークなら、人類の存続を第一に考えるだろう。

もし戦うとしたら、何をすべきなのだろう？　現実はそれほど単純ではない。地球上の軍事行動なら、まず警告や威嚇射撃をして様子を見るだろう。それもコミュニケーションのひとつだ。だが二〇二二年から続いている対話の試みには、一度たりとも応答がない。

軍事行動は敵というより脅威に対して取るものだ。応答しないまま高速で接近する物体は脅威になる。迎撃に踏み切るのは当然の結論といえる。

この七年で世界の食料生産は異変前の八十パーセントまで回復した。配給制度は続々と解除され、スーパーマーケットに食料品が並ぶようになった。

そして人々はふたたび不安をつのらせている。鳴りを潜めていたカルトが勢いを盛り返している。新たな予言が流布している。サバイバリストは嬉々としてシェルターを整備している。

そんな人々を、亜紀は笑うことも嘆くこともできなくなっていた。七年前、飢餓の中でつかんだ勝利に、世界は勇み立っていた。二〇三〇年を目前にしたいま、人々は失うことを恐れている。


自宅に戻ったその夜、亜紀は公共ネットワークのニュースに釘付けになった。

それは再建中のリングに発生した新たな異変を伝えていた。映像はUNSDFではなく、アマチュア天文家がもたらしたものだった。

まだ幅三万キロにも満たないリングの一角に、小さな暗色のスポットが現れていた。直径は五十キロに満たない。〈島〉とは比べ物にならない規模だが、そのミニチュア・モデルであることは明らかだった。

一時間後、UNSDFが公式発表を行なった。公表された映像は鮮明で、スポットの中央に何かが芽生えているのがわかった。

複雑な曲線をおびた架台。

サーチライトのような寸詰まりの鏡筒。

まだ未完成なのだろう、周囲に無数の毛細血管のようなものがひろがっている。しかしまぎれもなく、それは七年前に亜紀が降り立ったグレーザー砲台だった。

金星ステーションの科学者と名乗る男が現れて説明を始めた。知らない人物だった。悪びれた様子はない。むしろ潑剌《はつらつ》としている。

「これは我々の研究の派生物です。まもなく公表する予定で準備を進めていましたが、先に地球から発見されてしまいました。

我々は金星ステーションで〈島〉を促成栽培する研究を進めています。〈島〉の外周にそって並ぶグレーザー砲台は〈島〉そのものより複雑な器官です。これを分離して減速レーザーだけを建造させればずっと工期が短縮できると我々は考えました。リング物質のゲノム解析から、その分離方法がわかりました。そこで実証のためにグレーザー砲だけを発生させてみたのです。

正直なところ、これほどうまくいくとは予想していませんでした。我々はこれを防衛目的に利用する可能性を検討しています。グレーザー砲の射程は二百八十万キロしかありません。兵器として運用するには、大型の宇宙船に搭載して移動させなければならない。リングから切り離して運用する技術もまだ実現の目処が立っていません。

しかしそのエネルギーを〝タンカー〟細胞が運ぶことはわかっています。少量のリング物質を扱う技術はすでにあるのです。おそらく六年以内に必要な技術が揃うでしょう。グレーザー砲なら高速で運動する相手の挙動をぎりぎりまで見極めた上で破壊できます。防衛に徹した運用ができますし、人類の選択肢は多いに越したことはありません」

ニュースショーはその場でオンライン・アンケートを実施した。グレーザー砲の兵器開発にあなたは賛成するか？

五分後、回答者は三十万人に達した。

二十六万人が賛成票を投じていた。

ACT・8　2029年2月23日

ラウルが指定した場所は、あのときのカフェテリアだった。

メニューはすっかり増えていたが、彼の注文は変わりばえしなかった。テーブルにジャンクフードの寄せ集めを運んで「俺はここのコンボで生きてるんだ」と言った。

だが粗末な食事が粗末な肉体を作るわけではないらしい。

この五年のうちに、ラウルはちょっとした美丈夫に成長していた。その明るいグリーンの瞳が、見透かすようにこちらを向く。

「サングラス、外せないのかな」

「お忍びだから。いまじゃボディガードがついてるのよ」

「すごいな」

サングラスを取りたくない理由はほかにもあった。相手にはある輝くような若さを、自分は失いはじめている。

「ETICCはどう？」

「別世界だね。使えるコンピュータ・パワーが百倍違う」

一昨年秋からラウルはETICCでの研究生活を始めていた。五年前の出来事が彼の人生を決定づけたことは間違いない。あの小さな挫折によって、人工知能研究にありがちな呪縛、〝あと少しでできそうな気がする〟から脱したのだろう。ラウルは言語学と認知心理学をクロスオーバーさせた学際研究に進んだ。いまでは地球外文明研究の学会発表に、しばしば彼の名を見つける。

「AIの研究は続けているの？」

「未練はあるんだがな」

ラウルは決まり悪そうに言った。

「とても手が回らないな。汎宇宙言語の制作で手一杯だよ」

それから、おふくろと話しているみたいだな、と言った。

食事を終えると、二人は並木道を散策した。

気が利かないようでいて、ラウルはわかっているようだった。亜紀が用件を切り出すまで、いくらでも待つ様子だった。

「スピーチはお得意？」

「あんたと同じくらいに下手だよ」

「でも原稿を書くのは得意でしょ。たとえその通りに言えなかったとしても」

「まあね。僕に原稿依頼かな？」

「宇宙語でね」

「おーう！」

ラウルは空を仰いで、乾いた声で笑った。

「そう思ってたよ。どんなスピーチをすればいい。〝僕らは素数と円周率を知ってます〟なら簡単でいいんだが」

「太陽系には地球人がいる」

「おやすい御用だ。それだけじゃないだろうね」

「地球人は、地球上でだけ生活している」

「例外を語るのは後回しにすると」

「地球人は、予想される危険を事前に回避しようとする」

「やや複雑な構文だが、問題ない。それから？」

「李下《りか》に冠《かんむり》を正《ただ》さず。瓜田《かでん》に履《くつ》を納《い》れず」

ラウルは急に目を輝かせて亜紀を見下ろした。

「そいつはちょっと難しいな！」

「できるわね？」

「ああ。だがまず地球人の僕にわかるように説明してくれ」

「ええ」

亜紀は言った。

「地球人は、希望より疑念を重く扱う」

「ふむ？」

「地球人は、自らより優れた存在を危険視する」

ラウルは亜紀を見た。

「地球人は、生に執着する」

「それはつまり――」

「逃げろと伝えて」

　亜紀は泣いていた。

「お願い。太陽系に近づくなと、彼らに伝えて」

　ラウルは亜紀の肩を抱き寄せた。

「オーケイ、亜紀。オーケイ、それはおやすい御用だ」

　それから両頬を包んで女の顔をこちらに向けた。

「だが、あきらめちゃだめだ。あんたはまだ支持を失っちゃいない。ビルダーとの対話に期待してる奴はいくらでもいる。ＥＴＩＣＣにいるとわかるんだ」

　広報部に毎日届く励ましやいらだちのメールがどれほどになるか、ラウルは大げさな身振りで語った。

「たぶん、ちょっとした何かが嚙み合ってないだけなんだ。ビルダーは、まるで病態失認の患者みたいだ。知ってるか？」

　亜紀が答えないので、ラウルは説明を続けた。

　脳の損傷によって視野の左側が消失し、左腕が麻痺しているのにそれを自覚できない患者がいる。左腕は大丈夫かと尋ねると、大丈夫だと答える。左手を出すように言うと、はいと答えるが、実際には手は動かない。

　医師が患者の左手を見える場所に置いて、これは誰の手かと尋ねると、患者は『先生の手です』と答える。医師の両手をそこに置くと、それも先生の手だと言う。『手はいくつあるね』と尋ねると『三つです』と答える。『先生は腕が三本あるから手も三つあるんです』と、奇妙な理由を語る。

「患者は狂気でもないし、嘘をついている自覚もないんだ。論理がおかしいとも思わない。左右の大脳半球の連絡が損傷するだけで、俺たちの論理なんてのは簡単にマスクされちまう。人と話が食い違うのに、それをおかしいとも思わなくなるんだ。ビルダーの知能がどんな仕組みなのかわからない。俺たちにとって自明なことが、連中にとってもそうだとは限らないんだ。わかるか？」

ラウルは亜紀の肩をゆすった。

「友好派も懐疑派も、どっちが正しいとも言えない。どちらが間違っているとも言えない。異星人ってのは人類の鏡なんだ。異星人が侵略者や平和の使者や神そのものだったりするのは、その時代の人間の恐怖や希望を投影してるにすぎない。それじゃ異星人の本当の姿は見えないんだ。あんたが何をすべきか迷ってるなら答は簡単だ。真実をつきとめることだよ。ビルダーを好きになろうとしちゃいけない。憎んでもいけない」

ラウルは繰り返した。

「真実をつきとめるんだ、亜紀。あんたならできる。俺も手伝う」

ACT・9　2035年11月4日

太陽系フライバイが起こりうるとされた年からすでに五年。人類は観測体制の拡充に追われていた。新しい宇宙望遠鏡は地球低軌道での組立を終え、UNSDFの宇宙艦によって太陽‐地球系のラグランジュ4地点に運ばれた。地球から見て目標が太陽の背後にあるときも、この位置なら死角にならない。視差測定をするとき、大きな基線距離が得られる利点もあった。

二カ月にわたるテストが終わったいま、直径二十メートルの複合主鏡はオリオン座に正対し、ピンで止めたように照準を固定していた。望遠鏡は主焦点でリボルバーのようにセンサーを交換しながら、さまざまな波長で撮影を続けている。

どの画像も視野の中央にビルダーの母星と目される恒星、LCC5370が居座っていた。観測データは毎秒四百メガビットの高速回線で送り出される。増強された深宇宙ネットワークと地球‐月軌道間ネットワークが交代で中継する。

そうして届いたデータを最初に調べるのは、ETICC宇宙望遠鏡オペレーションセンターだった。

この仕事について十二年。いい加減、倦怠を感じてもよさそうなものだが、とセオドア

・パイクは思った。
だが宇宙望遠鏡が新たに撮影した画像がモニターに表示されるたび、そんな思いは雲散霧消する。それが彼の画像解析主任たる資質なのかもしれなかった。

セオドアはさきほど届いた光度変化の三次元グラフに目をとめた。まだ平滑《へいかつ》処理をほどこす前のものだ。

「ちょっと品位が落ちてるな」

もう一人のオペレーターが椅子を回して画面を覗き込んだ。

「撮像素子は新品ですよ」

「だが、ちょっとざらついた感じだ」

「言われてみれば、そうですね……」

LC5370の周囲に、数個の光子が塵のようにまとわりついている。

「前のは?」

「待ってください」

前回、前々回の画像と比較してみる。

連続性はない。撮像素子は長時間露光すると、対象がまったくの暗黒でもノイズを拾う。今回もそうしたダークノイズと考えてよさそうだった。

セオドアはしかし、それを日報の備考欄に記録しておいた。

四日後、別のチームが同じ疑問を持った。彼らは観測を一時中断して、宇宙望遠鏡の照準をわずかにずらし、何もない宙域を撮影した。

ノイズは写らなかった。

画像からLCC5370の光を引き算して、問題の光だけを集めてみる。

何かが写っていた。光は実在するものだった。

しかしまだ、統計的なスペクトル分析には不充分だった。

幹部会議が召集され、集中的な観測が行われた。予備機として準備されていた軌道望遠鏡が投入され、より大きな集光量と高い時間分解能での解析が行われた。

その結果はにわかには信じられなかった。

計器と観測手順が入念に見直されたが、間違いはなかった。

光は一億度をピークとする黒体輻射だった。太陽表面が六千度であることを考えれば、これは桁外れの高温だった。恒星内部の核反応が露出したようなものだ。

光は毎秒約二千五百回明滅した。その間隔は当初ランダムに思えたが、やがて八組からなる毎秒三百十六回の規則的なパルスに展開できた。

光源の周囲には、淡いハロ状の光があった。この輻射はかなり低温で、スペクトルにはおよそあらゆる構成元素が反映されていた。

やがて追認を依頼した天文衛星のデータが入ってきた。

光源と同じ位置に、ガンマ線源が観測された。

セオドアは震える手でスタイラスを握りしめた。

「彼らは……レーザーセールで減速するんじゃなかったのか」言ってから自分で首を振る。

「そんな馬鹿な」

「でも、無理じゃないですか」

若いオペレーターが言った。

「核パルスエンジンであの速度を殺すなんて——そうなんでしょう？　核パルスですよね、あれは。ちがいますか？」

「そうだ。独立した八基の核融合パルスエンジンが動いている。彼らは予定どおりに減速レーザーが届かないのを知って、計画を変更したんだ」

「推進剤はどうするんです。レーザー推進を選んだのは、推進剤が不要だからでしょう。核パルスで光速の六パーセントをゼロにするなんて、ペイロードのほとんどが推進剤になっちゃいますよ！　そんなものを積んでるわけがない！」

「彼らにはナノテクノロジーがある」

「いくらナノテクでも存在しない物質を生み出すなんて無理ですよ。オールト雲からかき集めたとでも言うんですか。あんな速度で彗星と接触したら木っ端みじんになるだけです」

「そうじゃない。彼らは——彼らは自分自身を推進剤に転換したんだ」

「え……？」

「百五十億トンの質量だ。それを片っ端から核融合の炎にくべたんだ」

「そんな」

「船殻を、隔壁を、食糧を。そして——」

セオドアは声を震わせた。そして両手で顔を覆った。

辿り着いたとき、どれだけの質量が残るのか。

平均噴射速度は秒速二千キロと計測された。それで質量比が求まった。太陽系停止質量は一万分の一にすぎない。

わずか百五十万トン。大型の石油タンカー三隻程度だ。

そうまでして、彼らは太陽系に停止しようとしている。

理解できなかった。

彼らは移民を試みたのではなかったのか。

その到着は六年後と見積もられた。

ACT・10　2037年11月20日

亜紀は半年に一度で充分だと訴えていたが、主治医は毎月の全身スキャンをやめようとしなかった。リング破壊ミッションで受けた亜紀の放射線被曝は相当なものだったが、幸い急性症状には至らなかった。しかし損傷した遺伝子が引き起こす晩発効果は、いつ発現してもおかしくない。

「私にも使命感がありますからな」

コーニェフ医師は言った。

「白石亜紀が悪性腫瘍で倒れたりしたら、艦隊の士気に響きます」

長いつきあいだから、わざと憎まれ口を叩いているのがわかる。

亜紀は苦笑して言った。

「いいわ。そのかわり、ちょっと手を貸してほしいの」

「なんでしょう」

「病院の裏口を教えて。野暮なガードマンをまきたいから」

主治医はなにも訊かず、片眉を上げてみせた。

日没後の冷え込みを、人々の熱気が押し返しているようだった。無料開放されたパシフィック・パークにつめかける群衆は、午後八時が近づくにつれて膨張してゆく。

そのなかに亜紀はいた。ワシントンで行われる式典への再三の出席要請を断って、おそらく最も見たくないものを見るために、スカーフとサングラスで顔を隠し、地下鉄に乗ってここまで来た。自分がなぜそうしたのか、わからない。

このイベントは、事実上の観閲式だというのに。

四年前、亜紀はETICCの所長に就任した。ビルダーとのコミュニケーションの試みは当時もいまも進展していない。国連予算をこれ以上見込みのない研究に投入していいのかという声がささやかれはじめた時だった。

ETICCを立て直し、対話を成功させてくれと激励されたものの、体《てい》のいい左遷であることは亜紀にもわかっていた。UNSDFがETICCを存続させているのは、ビルダーを迎えるにあたって「まず話し合いから」という大義名分を立てるためにすぎない。

今日ここに来たのは、友好派のデモを期待したからではなかった。ただ人々の顔が見たかったのだろう。彼らの生命力、生きようとする力に触れたかった。そうすることが、いまの自分に必要だと思えたからだった。

異星船が自力で太陽系に停止するとわかった時、UNSDF太陽系防衛ミッションは根底からくつがえされた。

もはや勝ち目のない戦いではなかった。最大の脅威だった運動エネルギーと巨大な質量を、ビルダーたちは手放した。彼らとの遭遇は、もはや秒速一万八千キロのすれ違いでは終わらない。地球の船でもランデヴーや迎撃が可能になる。

迎撃兵器として核ミサイルとスパイダーネットが開発されていた。

宇宙空間における核爆発の効果は驚くほど小さく、せいぜい数百メートルの領域を蒸発させるにすぎない。大きな広がりを持つターゲットには不向きだった。とはいえ、いまの人類にとって水爆にまさる爆発物はない。一基のミサイルはタンクローリーほどあり、パーティクルベッド型原子力エンジンで推進する。

核ミサイルの欠点を補うために開発されたスパイダーネットは、鋼線を編んで作られた直径四キロの網だった。ネットはカプセルに格納され、異星船の進路上で遠心力によって展開する。いかなる炸薬も持たないが、秒速六十キロという相対速度で接触すれば大きなダメージを与えるだろうと期待された。

外野側にそびえ立つスクリーンが八時を告げる。

宇宙艦UNSSミリカンからの映像が入った。船首部分にある兵装懸架ラックを捉えたカメラだ。水銀のようにミラーコートされた円柱形の物体がゆっくりとラックを離れてゆく。

「いま核ミサイルが発射されました！　推進エンジンに点火した模様です！」

アナウンサーはそう語っているが、姿勢制御エンジンを使っているにすぎないことを亜紀は知っていた。核エンジンの噴射は安全距離に達してからだ。

その白い閃光がともり、ミサイルはみるみるうちに速度をあげていった。二百キロ進んだ頃には星と見分けがつかなくなったが、まもなくそこに新たな閃光が現れた。それはたちまち純白の火球に成長し、同じくらいあっけなく雲散した。

拍子抜けした空気が流れたが、アナウンサーが爆発の成功と威力を叫ぶと、群衆も拍手と歓声を上げた。

続いてスパイダーネットの試射が行われた。こちらは眼視的にはほとんど見えないので、赤外線カメラで撮影し、画像を強調して鋼索が見えるように配慮されていた。艦から十キロの地点で展開が始まり、巨大な蜘蛛の巣が、その大きさに較べればめざましい速度でひろがってゆく。その光景は、むしろ核ミサイルの爆発よりも見応えがあった。

午後九時になると、いよいよメインイベントが始まった。

「これは実際には七分三十秒前の映像です。リング近傍にいる宇宙艦UNSSトムソンの艦首にあるのは巨大なグレーザー砲です！　なんと異様な眺めでしょう。むしろグレーザー砲にトムソンがとりついたように見えます」

第二世代型の巨大な宇宙艦も、グレーザー砲に連結した様子はワイングラスの支柱のようだった。しかしあの最終兵器は見た目ほど重くはない。実際の迎撃ではもう一隻の宇宙艦UNSSベックレルとリレーして最終防衛ラインに配置する。

「現在UNSSトムソンは無人です。オペレーションは三万キロ後方に位置するUNSSベックレルが行います。標的は前方二千キロにある使用済みの推進剤タンクです。発射の時が近づいてきました」

卵形の物体が視野の中に三つ、距離をおいて並んでいる。

スクリーンの右下にカウントダウン・クロックが現れた。スタジアムは急に静まり返った。車のクラクションと、都市の背景雑音だけが響く。

時計がゼロになったとたん、スクリーンはフラッシュした。画面が復帰したとき、そこには虚無が写っていた。

映像がスロー再生される。発砲から千分の五秒で推進剤タンクは卵形のガス塊に変化していた。その直後、ガスは秒速十キロに達する猛スピードで拡散しはじめ、視野を外れた。

「信じられません。信じられません。これがグレーザー砲の威力です。グレーザー砲の発射試験は完全に成功しました！　完全な成功です。これが人類のポテンシャルです！　人類は対等です！　人類は対等です！」

アナウンサーのうわずった声は、群衆の歓喜の叫びにかき消された。おお、おお、という雄叫《おたけ》びが、いつまでもうねるように轟いていた。

あれが対等とは。グレーザー砲は一度撃ったらおしまいだというのに。UNSDFは試行錯誤でトリガー因子を見つけ出したにすぎない。照準機構もエネルギーの充填方法もわからない。〈島〉の上に生成した砲台を切り取って運ぶしか方法がないというのに。

冷たく澄んだ夜空を見上げると、摩天楼のスカイラインの上にオリオン座が姿を見せていた。三つ星のそばに現れた新しい星は、いまやシリウスに迫る光輝で天を焦がしている。

その光の成分を肉眼で知ることはできないが、天文衛星の観測データを読んだ日の嘔吐感はいまも生々しい。

鉄、鉛、アルミニウム、水素、珪素、炭素、窒素、酸素。

彼らの船、彼ら自身の構成元素が、原子にまで分解されて、いまも地球に降り注いでいる。

彼らは、一万分の一を残して他のすべてを犠牲にした。

その選択がなぜ、どのように行われたかはわからない。

だがひとつだけ、亜紀は直感していた。

彼らは迷わなかった。

減速レーザーが届かないと知るやいなや、彼らは核パルス推進を選択した。そんな気がする。

南西から新たな光の群れが昇ってきた。

「空をごらんください。我々の艦隊が通過します」

まさしく観閲式だった。

高度四百キロのパーキング軌道に整列したUNSDF第一宇宙艦隊とその支援施設。光点は十七個まで数えられた。試射の日程が艦隊の北米上空通過と一致していたのは偶然だろうか。

腕を摑む者がいた。

「探しましたよ」

ボディガードのコリンズだった。

「困りますね。こんなところへ一人歩きされては」

「ごめんなさい」

亜紀はおとなしく従い、待機していた乗用車に乗り込んだ。

ACT・11　2037年11月23日

長官室の内装は簡素で、片隅に鎮座するランドマクナリ社の大きな地球儀が唯一の彩りだった。そのかわり北側の窓には息を吞む展望があった。亜紀は窓辺に立って、眼下に横たわるメインホールに目を見張った。大型タンカーを二隻並べたほどの空間だった。

ＵＮＳＤＦ艦隊司令部はひとつの地下都市だった。想定される事態は米ソ冷戦時代の比ではない。運動エネルギー兵器やナノマシンの攻撃を受け、たとえ地上が真空になっても五百人を二年間生存させる用意があった。

高度に自動化されているとはいえ、惑星間航行する原子力宇宙戦艦を一隻運用するのに交代要員を含めて六十人の専門家を要する。各艦が投射する兵器自体がひとつの宇宙船だから、交戦中の業務は複雑を極める。これが九隻ぶんある。

戦闘艦グループと別に、地球上二十七箇所、軌道上十八箇所にある観測施設の情報が集まる戦況観測部がある。観測対象は異星船、水星、金星、リングの各部、内惑星空間の全域だった。ここにもコンピュータの秘書がおり、四十人の人間と協力して情報の奔流をさばく態勢を整えている。

異星船との会合地点は地球から見て太陽の向こう側にあり、タイムラグは往復二十分にもなる。交戦中はミリ秒単位の意志決定が求められるため、その主役は戦闘艦と兵器そのものに搭載されたコンピュータだった。

いっぽうで宇宙戦闘とは、数カ月、時には数年もさかのぼって行動が決定される。さもなければ射程内に目標を捉えることさえできない。それほどの期間を要しながら、意志決定には迅速さが要求される。相手の行動を予期するために最も鮮度の高い観測情報を使うからだ。

タイムラグと並んで、管制官たちが直面するのは情報の洪水だった。

シミュレーションによれば、ワーストケースで一度に数百万件の報告が流入する可能性があった。対応を各チームに割り振り、チームが求める情報を提供し、対応を決定させる。その決定は優先順位を付与されて広帯域のレーザー、ミリ波、マイクロ波回線を併用して艦隊に送信される。

その指令の束もいきなり乗員に届くのではなく、アシスタント・システムが秘書となって処理する。対応済みのもの、現状に則さないものを捨て、コンピュータに許された処理をすませたのち、内容を整理して乗員に伝えるのだった。

「すごい施設ですね」

亜紀は必要最小限の感想を述べた。

ロビンス長官は言葉などあてにしていない様子だった。ずっと亜紀の表情を見つめている。

「私を恨んでいるんだろうね」

「式典への出席を断ったことはお詫びします。大人げなかったと思っています」

「いいんだ。いまみたいな調子でスピーチされたらどうしようかと気を揉んでいたんだ」

ロビンスは盆にボーンチャイナのカップを二つ置いて、魔法瓶のコーヒーを注いだ。

「これだけの施設が数年後に用済みになるとは、実に惜しい。だが私は戦略空軍にいたから、この種の浪費には多少免疫がある。北アフリカのレーダー網をお払い箱にしたときは、これで飢えた子供が何人救えるなんて考えたりしたさ。だが結局思うのは、あの時は必要だったということだ」

亜紀は黙ってコーヒーをすすった。

「君は地球を救った英雄だ。だが私のような種族にとっては、君と同じくらいマーク・リドゥリーも英雄なんだ。彼は海軍だったが」

「私にとってもです」

「彼の死を無駄にしたくない」

亜紀は相手の顔を見た。

「やっとこっちを向いてくれたね。用件に入ろう。結論から言えば、コンタクト・フェイズに三隻をまわすという君の提案は受け入れられない」

デスクの向かいにある椅子をすすめると、ロビンスは引き出しから封書を取りだした。

「コンタクト艦はファランクス一隻だ。それを君に預けたい。まかせられるのは君をおいてほかにない」

亜紀は封筒を開いた。辞令。UNSSファランクス艦長着任を命じる。

「旧式艦をよこしたなんて思わないでくれ。大改修をほどこしてアトミックのセカンドステージをつける。異星船とのランデヴーが可能なのはファランクスだけだ。参謀たちにさんざん嫌味を言われたよ」

異星船を出迎えるのはファランクス一隻。残り八隻は迎撃にまわる。迎撃任務では速度変更能力より搭載量が重視される。限られたリソースを振り分けるとしたら、こうするほかないのだろう。

「コンタクト艦は武装しない。危険度は最も高い。引き受けてくれるかね」

「喜んで、お受けします」

「結構。クルーは五名、異星船に乗り込むチームは三名だ。一人は君自身が行くべきだろう。もう一人は海兵隊から派遣するボディガードだ。これはこちらで選ばせてもらう。三人目はサイエンティストだ。エンジニアのスキルもほしい。これは君が選んでほしい。選抜などする必要はない。これは軍事ミッションだ。任命して、ついてこいと言えばいい」

「わかりました」

帰途のリムジンのなかで、亜紀は思った。

ビルダーとの対面を熱望する者なら、まだ何億人もいるだろう。

必要な能力を兼ね備えた人物としても、亜紀は何十人も思い浮かべることができた。

だが、その時そばにいてほしい人物は二人しかいない。

存命しているのは一人だ。

彼を任命すれば、いろんな陰口を叩かれるだろう。だがどうでもいいことだった。いますぐ話をしよう。亜紀は電話ですませることにした。もったいをつけて長官室に呼び出すやり方が少々鼻についていたところだ。

「ハロー。このまえのお礼がしたいんだけど、もしかしたら恨まれるかもしれない。どうしたらいい？」

『無条件にいただくよ』

ラウルは期待通りに返してきた。

「いいのかな。私の船への招待状なんだけど」

『船ってのは――』

「大きいのをひとつもらったの。太陽系でいちばん速いやつを」

第三章　接　触

ACT・1　2041年3月4日

「時間です……発進の時が来ました。ご覧ください、いよいよ九隻の原子力宇宙戦艦が発進します。まず一番艦UNSSファランクス……白石亜紀の率いるコンタクト艦です。続いてUNSSラザフォードとチャドウィックが軌道離脱します……ああ、快晴のクリスマス島からの映像に切り替えましょう。現地時間は午前五時十四分です」

厚い大気の向こうでゆらめく物体が、突如レース編みのような推進ガスを吐き出した。ガスはみるみるうちに拡散して満月大になり、艦の光芒を取り囲むハロのように見えた。

その光芒が水平線に近づいて淡くなると、映像は収縮してプライマリ画面から外れた。

引き続き各国首脳のスピーチが始まった。後にはローマ法王をはじめとする各界の指導者、スター選手、ノーベル賞科学者らが控えている。

単一のモノクロ動画がブラウン管を占領した一九六九年の夏から七十年を経たいま、UNSDF艦隊の発進中継は人類の放送技術の頂点をきわめるものになった。

プライマリ画面の周囲には階層構造を示すアイコンが並び、月、水星、金星、地球低軌道、静止軌道を含む全世界の五百ヵ所から映像が流入していることを示していた。映像の選択は視聴者が介入しない限り、アンカーに委ねられている。そのアンカーも全世界で八百人が同時出演しており、アンカーごとの視聴率を表示するチャンネルもあった。

亜紀はコクーンの中で完全に自動化された軌道離脱シーケンスを見守りながら、もうひとつの窓に中継映像を表示していた。

ダライ・ラマのスピーチの途中で、アンカーは回線をカーネギー・ホールに切り替えた。指揮棒が一閃して、アメリカの五大楽団が混成で『スター・ウォーズ組曲』を演奏しはじめた。

亜紀が苦笑すると同時に、艦内通話でラウルが言った。

「懐疑派には素敵なプレゼントだな」

「ウィーンに替えたらどう、ラウル？　『英雄』ならあなたのお気に召すと思うわよ」

システムエンジニアのエイダが言った。エイダがラウルに話しかけるときの声は、いつも弾んでいる。二人の仲は進んでいるのだろうか。

「どうかな。つまるところ『スター・ウォーズ』じゃ多くの異星人が友好的に交流してるわけだが、ナポレオンのしたことといえば——」

亜紀は通話音声を絞り、別のチャンネルをポイントした。

ロンドンではロイヤル・フィルハーモニー管弦楽団がエルガーの勇壮な行進曲を演奏していた。モスクワでは民謡『ステンカ・ラージン』をキーロフ歌劇場管弦楽団と合唱団が奏でている。画面の解説によれば、これもロシアの英雄物語だった。ここに落ち着く。

亜紀はコンタクトチームのもう一人に話しかけた。

「ジョセフ、あなたはどこを聴いてる？」

「ベルリンです」

特殊部隊出身の青年はそう答えた。

ジョセフは二十六歳という若さだが、物静かで、豊かな教養の持ち主だった。

軍隊出身のジョセフに、亜紀はマーク・リドゥリーの面影を重ねることがあった。ジョセフは自分とラウルを護衛するためにチームに加わった。彼が猫のような身のこなしで自分の盾になるところを、亜紀は何度も訓練で体験した。そのたびに心に疼痛《とうつう》を覚えたものだった。

チャンネルをベルリンに合わせると、ワーグナーの管弦楽曲が静かに高まりつつあるところだった。

「『タンホイザー序曲』ね」

愛欲と信仰心の葛藤の物語だった。亜紀もこれを聴くことにした。

深宇宙ネットワークのデータ回線は素晴らしい品質で管弦楽を運んできていたが、まもなく光速度の限界に出会って、無音状態が挿入されはじめた。

船外カメラ映像のひとつを表示させる。

半月状に欠けた地球と月は、もうずいぶん小さくなっていた。

亜紀は自分でも意外なほどくつろいだ気持ちで、二つの天体を眺めていた。もう誰も自分たちを止められない。人類社会という、つかみどころのない怪物との戦いは終わったのだ。


同じ思いを、艦隊司令部も味わっていたにちがいない。

作戦の成否は「いつ始めるか」「始めるまでにどれだけの準備ができるか」にかかっていた。

艦隊は会敵の五ヵ月前に発進する必要があり、その時点で行動のほとんどが決定されてしまう。発進後にできるのは微調整でしかない。

だが艦隊の発進時点において、異星船はまだ冥王星のはるか彼方、九十億キロの距離にある。これは相手が二百メートル先でドリブルをしている時、幅八メートルのゴールのどこを守るかを決めて、最後までそこを動くなということだった。

「もしビルダーがこれほどまでに人類に無頓着でなければ、迎撃を試みる気にもならなかっただろう」

ＵＮＳＤＦ幹部の一人は率直にそう述べていた。

異星人は地球側のどんな活動も無視して、一直線に船を進めてきた。地球人を警戒したり、裏をかこうとする動きは皆無だった。しかし無頓着を装っている可能性は捨てきれないし、もし彼らがその気になれば易々と迎撃をかわせるだろう。

異星船の減速率は一定で、マイナス百分の一Ｇを維持していた。通常の宇宙船なら推進剤を消費するとともに加速度も増大するものだが、異星船は推力を連続的に変化させていた。六年前八基あったエンジンは現在一基になっている。使われなくなったエンジンは推進剤に転換されたと考えられた。

これは円熟したナノテクノロジーのなせる業だったが、そうまでして等加速度運動を貫くのは、船体の強度をぎりぎりまで抑えているせいだと考えられる。これは数少ない明るい材料だった。

この減速が続く限り、異星船は内惑星帯のどこかで停止する——正確には太陽を周回する惑星軌道に乗ると予想された。

独立した人工惑星になるかもしれないが、積荷を推進剤に転用する過酷な旅の後となれば、まずどこかの天体に立ち寄るとみるのが自然だった。候補地はリング、水星、金星、地球、月の五つだった。

彼らはなぜカイパーベルトや外惑星で資源を補給しようとしないのだろう。有力な説は、彼らのナノテクノロジーが太陽光を必要とすることだった。光子は微小なモジュール、ひいては原子一個にまで高効率でエネルギーを供給できる。彼らが水星に出現したときも、まず太陽エネルギーを元手にプラントを築いた。やがて水星軌道の内側に直径八千万キロのリングを構築すると、そこで生産される反物質を燃料として活動範囲を拡げたのだった。

異星船に対する高精度の観測から、意外にもリングは候補から外された。リングは太陽に対して静止しており、速度差が大きすぎたのだ。

続いて地球と月も素通りする公算が高まった。これには多くの人が胸をなで下ろした。巨大な宇宙船が空を覆う恐怖からはひとまず逃れられたことになる。

異星船が八十天文単位――およそ冥王星軌道半径の倍――まで接近したとき、ついに目的地が明らかになった。船は秒速千五百キロという驚くべき速度で、水星をめざしていた。

半年後、異星船が水星近傍に来たとき、速度は秒速四十キロまで落ちているだろう。

ＵＮＳＤＦ艦隊司令部は作戦計画を立てるにあたって、位置よりも速度を問題にした。

異星船が太陽系脱出速度を上回る速度でいるとき、その推進機を破壊すれば、船は太陽系を通過し、永遠に戻らない。脱出速度を下回れば、たとえ船体がばらばらになっても太陽系内に留まり続ける。そうなれば一握りのナノマシンがいつ惑星に漂着し、そこを改変しはじめるかわからない。かつて水星で起きたことだ。

脱出速度は太陽に近くなるほど大きくなる。異星船は太陽に近づくほど減速する。両者の交点に船体破壊にともなう爆散速度を加味して防衛ラインが決定された。

「迎撃開始は水星到着五日前、七月二十九日午前十一時だ」

艦隊司令長官はそう宣言した。

異星船が水星の手前三千万キロ、秒速八十八キロになった時点で異星人との交渉が成立しなければ、UNSDF艦隊は異星船を迎撃する。艦隊は次の九隻から構成される。

1 UNSSファランクス（コンタクト艦）
2 UNSSラザフォード（第一迎撃群）
3 UNSSチャドウィック（第一迎撃群）
4 UNSSキュリー（第一迎撃群）
5 UNSSクルックス（第二迎撃群）
6 UNSSアインシュタイン（第二迎撃群）

7　UNSSミリカン（第二迎撃群）
8　UNSSトムソン　（グレーザー砲艦）
9　UNSSベックレル　（グレーザー砲支援艦）

迎撃にはUNSSファランクス以外の八隻があたる。この八隻は異星船と軌道交差するだけで、ランデヴーは行えない。

迎撃は三波に分けて行う。その間隔は作戦の再編成のために二十四時間を必要とした。第一群は初日、第二群は翌日の攻撃にあたる。それぞれインパクトから約十四時間前に核ミサイルとスパイダーネットを発射し、各艦は二十万キロ離れて武器のコントロールにあたる。

残る二隻は三日目、最後の迎撃に使用されるグレーザー砲艦だった。UNSSベックレルはグレーザー砲を輸送するが、それは非常に重いので、途中でUNSSトムソンに積み荷を引き渡す。トムソンも任務達成時点で推進剤の大半を失うため、乗員はベックレルに移乗し、トムソンは使い捨てられる。

亜紀が指揮するUNSSファランクスは、迎撃に先立って異星船にランデヴーし、三人のコンタクトチームが異星船に移乗する。

その条件はきわめて厳しかった。迎撃なら彼我《ひが》の軌道が交差するだけでいいが、ランデヴーとなると速度、方向、位置を完全に一致させなければならない。

しかも迎撃の時間を確保するため、異星船の速度がまだ大きいうちにランデヴーする必要がある。

そのためファランクスは通常の船体の後方にNERVAⅢ原子力エンジン四基からなる超大型ブースターを連結し、これを使い捨てる。乗員はたった五名だが、発進時の全長は百八十メートルに達し、どの宇宙ステーションより大きかった。

ファランクスは艦隊中最大の速度変更能力を持つが、それでも異星船の速度が秒速九十五キロを切ってからでなければランデヴーできなかった。これは迎撃開始の二十時間前でしかない。その間にコンタクトチームは異星船に乗り込み、意志疎通を試みる。たとえコンタクトチームが帰還しなくても、定刻になれば迎撃が開始される。

もとより覚悟の上だ。

亜紀は淡々と向こう五ヵ月間の行動計画を受け入れた。あとは機器が持ちこたえ、異星船がコースを変えないことを祈るだけだ。

ACT・2 2041年6月14日

艦隊は太陽に向かう長い下り坂を降りてゆき、百二日目に近日点を通過した。迎撃に備える八隻はここで大きく減速して、水星軌道にほぼ重なる円軌道に乗る。水星は楕円軌道にあるため、迎撃艦隊の後方から接近し、いったん艦隊を追い越した後でふたたび接近する。そして異星船が水星の目前に来たところで側方から武器を投射する。

ＵＮＳＳファランクスは水星の重力を利用してわずかに針路を外側に向け、近日点では他の艦よりひかえめに減速した。いったん金星軌道まで舞い戻ったところで針路を変え、水星に向かって最大の加速を行う。

この宙域では水星から吐き出されたリング物質に接触する恐れがあるが、どの艦も船体のあらゆる部分に耐ナノ・コーティングをほどこしている。これは〝メッセンジャー〟細胞の解析から得られた技術で、表面に共食いを避ける情報を持っている。これが有効に機能する限り、マーク・リドゥリーの悲劇は繰り返されないはずだった。

艦隊は四つのグループに分かれたので、リアルタイムの連絡は困難になっていた。これからは刻々と状況が変化してゆく。秒刻み、分刻みの判断は各艦が独自に行うしかない。

艦隊が近日点にあったとき、異星船はまだ木星軌道と土星軌道の間にあった。それがわずか五十日で水星に到着するとは信じられなかった。ある年輩の技術者は「まるでキャプテン・フューチャーだ」と洩らし、恒星間宇宙船の威力に感嘆したものだった。

七月十九日、異星船は地球軌道を横切った。地球からはちょうど太陽の反対側にあり、その物体を直接観測することはできなかったが、ファランクスの超望遠カメラはそろそろ異星船の形状がわかるところまで来ていた。

画像処理で核パルスエンジンの光芒を取り除くと、解像度の限界ぎりぎりで車輪のような物体が浮かび上がった。

それは昔の宇宙ステーションの想像図そっくりだった。エンジンを中心に直径約三百メートルのドーナツ状の物体がある。

表面の詳細は捉えられなかったが、かすかな濃淡が円周にそって移動する様子が観測された。濃淡は四十三秒で一巡した。これは物体が自転しており、円周部分で〇・三Gの重力を生むことを意味した。

「わーお、七百億ドルかけて出向いた甲斐があったわね！」

亜紀はコクーンの中で声を弾ませた。

人工実存、ロボット、ナノマシン、微生物のカプセル、冷凍受精卵、脳髄だけの知性体——異星船の乗り手については無数の仮説が立てられてきたが、それらに比べれば、これは拍子抜けするほど素朴な形態だった。

「人工重力を作ってまで運ぶものが、生体以外にある？　この重力なら地球生物とオーダー的に変わらないわ」

「ご機嫌だな、亜紀」

ラウルが言った。

「抱き合ったり握手したりできるエイリアンってわけだ。こりゃいよいよスペースオペラだ」

「嬉しくないようね」

「究極の知性を模索してきた者としちゃ、こいつは一発食らった気分だよ」

「そう？」

「ナノテクと恒星間飛行を実現している文明が、肉体を捨てずにいるとなりゃね。なぜそんな無駄をする。いくらテクノロジーが進歩しても、コンピュータに意識を移植できないってことか」

「それなら彼らが水星を改造しはじめた段階で旅は終わっていたはずよ。意識を情報化してるならナノマシンの種子とともに飛んでこられたはずだし、水星に受信装置を置いて伝送することもできたでしょう？」

「そうさ。だが脳ってやつは簡単に情報化できるとは限らない。構成原子の一個一個の量子状態までが意味を持つかもしれん。とすれば情報を保持するには脳と同じだけの物質が必要だし、伝送には途方もない時間がかかる。だから後からでかい船でやってきた」

ラウルは自嘲するように笑った。

「――てな解釈に賭けてたんだがな。だが回転重力区画を持ってるとなりゃ、乗ってるのは脳やコンピュータだけじゃなさそうだ。なぜだ。意識の成立には、やはり身体が必要なのか」

ラウルはそれきり黙り込んだ。彼にしては珍しいことだった。

亜紀は二十年前、異星船が巨大な質量を持っているとわかった時から、それが肉体を持った存在だと直感していた。異星船の噴射ガスにも炭素型生命を示唆する元素が検出されている。

「意識は肉体と不可分のものじゃなかったの？」

「いまの人間はそうだ。しかし精神活動とは結局情報なんだ。どこかに肉体を脱する突破口があるはずなんだ」

意識の情報化がおいそれと実現できるものだろうか。

たとえば蟻は、地面にフェロモン物質のネットワークを描くことで輸送経路を最適化する。個々の蟻はランダムに餌を探し回り、臭跡を残す。臭跡は時間とともに蒸発する。蟻の通行量が多い経路ほど臭跡も頻繁にリフレッシュされる。最も鮮明な臭跡をたどれば、それは多数決で選ばれた経路になる。

このシステムが充分に発達すれば、そこにひとつの意識が生まれるかもしれない。そのとき意識はどこにあるのだろう。蟻か、フェロモンか、地面か。素材は単純でも、意識の本質を解き明かすことは容易ではない。

観測された円環体は、居住トーラスと呼ばれることになった。

異星船がこの構造を持つことは迎撃艦隊にとっても朗報にちがいなかった。等身大の生物なら、生存条件はぐっとシビアになる。居住トーラスの気密を破れば、それだけで致命的なダメージを与えられるだろう。

二日経つと異星船の映像は一段と精細になった。

居住トーラスと中央船体は細い六本のスポークで連結されていた。中央船体は巨大な核パルスエンジンのノズルにさえぎられて見えないが、三方に放熱板らしきものが突出しているのがわかった。

居住トーラスの太さは直径四十メートルほどで、内部の空間は大型旅客機三百機程度、小規模なスペースコロニーに匹敵するものだった。

これだけの空間を踏査するのは大仕事だが、異星船の事情を考えれば乗客はすし詰めに近いだろう。移乗すれば、出会いは時間の問題と思われた。

ACT・3　2041年7月25日

ランデヴー三日前。UNSSファランクスは九日後に水星が位置する空間に船首を向け、ブースター・エンジンを全開にした。

異星船はすでに金星軌道の内側に入っており、ファランクスより三千万キロ後方から猛スピードで追い上げていた。

これから迎えに出ようとする相手に船尾を向けて、原子力エンジンを全開にする行為に懸念を抱く者もいた。しかし放射線はもともと宇宙に満ちあふれており、至近距離にいない限り危害を加えることにはならない。加速方向については、バトンを受ける走者が直前にスタートするのと同様で、その意図は宇宙航行種族なら必ず理解できるはずだった。

ファランクスは自身の噴射にさえぎられて有効な観測ができなくなったが、太陽系に存在するあらゆる観測施設が代わりをつとめ、数分の時差でデータを送ってきた。異星船はあいかわらず、どんな変化も見せなかった。

三十時間にわたる噴射のあと、ブースターは切り離された。長期間の使用に耐える原子力エンジン四基と巨大な推進剤タンクの複合体が遠ざかってゆく。

ファランクス本体のエンジンが臨界し、新たな噴射ガスがブースターをさらに押しやった。

「人類史上最大の浪費だな……」

副長のイゴールは手塩にかけてきたブースターを見つめながらつぶやいた。

ここで祝杯をあげるはずだったのだが。

もしエンジンが故障すれば、放射線被曝を省みず修理におもむくことになる。推進系の五分の四にあたるブースターが仕事を終えたいま、自分が生還する見込みもぐんと高くなった。

しかしイゴールは喜ぶかわりに、身体の五分の四を失った気がしていた。宇宙船が何かを使い捨てずに旅を全《まっと》うできるのはいつのことだろうか。


二日目、噴射ガスの向こうに白い光点が見えはじめた。

肉眼では静止して見えたが、光点はじりじりと接近していた。

ハウンドを分離する。まず無人機を送って異星船の状況を観察するためだ。

三日目、異星船が十万キロ地点まで接近すると、ＵＮＳＳファランクスは姿勢を百八十度回頭した。

イゴールにとってこの機動は、ブースター分離と並ぶ任務中屈指の大仕事だった。

全長百三十メートルの巨船が反転すると、常時太陽系内の四カ所をポイントしているレーザー送受信機、三十七基の高利得アンテナ、五基の大型望遠鏡、そして数百におよぶセンサーもいっせいに向きを変えた。死角に入った装置は補完系統に役目を引き継ぐ。

船尾が進行方向に向くと、二基のメインエンジンは異星船にあわせて百分の一Gの噴射を開始した。

「遠距離ランデヴー完了しました。細かいトラブルが数件発生しましたが、ミッションの継続に支障ありません」

「ありがとう、イゴール。ここまで来られたのはあなたのおかげよ」

「私は管理人の一人にすぎません」

「じゃあ管理人さん、この歴史的瞬間を地球に宣言してちょうだい」

「私がですか」

「声楽できたえた喉を、一度くらい披露してもいいでしょう?」

イゴールは音声回路を通信網に接続すると、見事なバリトンで宣言した。

「UNSSファランクスは異星船とのランデヴーを完了した。これよりコンタクト・フェイズに入る!」

先行偵察に向かったハウンドは今回のミッションのために特別に改造されていた。

こちらは至近距離まで接近するので、逆噴射で先方の機嫌を損ねないよう、二基の噴射ノズルがV字型に配置された。噴射ノズルの間には五メートル四方の高輝度スクリーンがあり、ここにメッセージ映像を表示する。スクリーンは赤外線領域までカバーするので、彼らの母星系におけるスペクトル領域のピークに合わせられる。

ＥＴＩＣＣはこの対話に最後の望みを託していた。それまでのパルス変調されたデータではなく、映像そのものを直接表示できるのは大きなアドバンスになる。相手がファクシミリを解読しなければならないという、コミュニケーションにおける最初の関門が消失するからだ。

ハウンドの望遠カメラはファランクスが搭載しているものほど高性能ではないが、二万キロを切ったあたりから距離の利点が性能差を克服しはじめた。

七月二十八日、午前十時。亜紀はコクーンの中で、その映像をウインドウのひとつに表示させたままＵＮＳＤＦ観測網のレポートを読んでいた。ハウンドの到着までまだ数時間あるし、道中に問題が起きるとは考えていなかった。

突然ビープ音がして、アシスタント・システムの判断したメッセージが現れた。

【異星船に変化あり】

ハウンドが届けてきた映像を見る。

居住トーラスの中心にあった核パルスエンジンの光が消えていた。

それまで光芒に隠れていたエンジン部分が初めて見えた。その暗い開口部は、直径三百メートルの居住トーラスに較べるとさしわたし五十メートルくらいか。核パルスエンジンは椀状のリフレクターを持ち、その焦点部分で超小型の水爆を連続点火する。見えているのはリフレクターだろう。椀の外周部分を細い棘《とげ》のようなものが取り囲んでいる。水爆を爆縮させるレーザー装置だろうか。

その開口部が瞳のように収縮しはじめた。外周部分は大きさを変えないまま、虹彩のようなものが内側に向かって成長しているようだった。やがて右側面からの日照による明暗境界線が立体感を与えはじめた。半球形のリフレクターが残り半分を補って球になろうとしているようだ。

開口部はついに小さな点になり、カメレオンの眼のようになった。

その眼がこちらを見ているような気がして、亜紀は胸騒ぎを覚えた。

ハウンドは異星船の正面よりややそれた位置から撮影している。にもかかわらず、カメレオンの眼はハウンドを直視している。

「これは——」

通話スイッチを押した刹那《せつな》、映像が消失した。

警告メッセージが並ぶ。

【ハウンドが全チャンネルで通信途絶】

【強い電磁放射《サージ》を検出】

「各自情報分析して」

言い終わる前にコンピュータがレポートしてきた。

【ハウンドが異星船からの攻撃を受けた模様】

【ハウンドの位置に火球出現】

アシスタント・システムの判断で、ファランクスのカメラが捉えた追跡映像が表示された。航行中のハウンドを捉えている。爆発の瞬間はノイズで途切れたが、映像が回復するとハウンドは光の球体に置き換わっていた。試射で見た核ミサイルの爆発にそっくりだ。

亜紀は時間を戻してスロー再生した。

ハウンド。ノイズ。火球。そして異星船の核パルスエンジンの変貌。

「そんな、馬鹿な……」

「ハウンドの通信系は五マイクロ秒以内に一斉停止した。前兆はない」イゴールが言った。

「エンジンが爆発した可能性は」

「皆無だ。それならどこかのセンサーが温度や圧力、中性子の変化を捉える。ハウンドのテレメトリは直前までまったく正常だった」

「疑問の余地はない。これは攻撃だ」

ラウルが言った。

「亜紀、しっかりしろ。艦隊に報告するんだ」

「そう、そうね」

事実を受け入れなくては。亜紀は全艦隊に口頭でメッセージを送った。

「UNSSファランクスより速報。異星船にアプローチ中のハウンドが一万四千キロ手前で異星船より攻撃を受けた模様。異星船は核パルスエンジンをビーム兵器に転換した可能性がある」

再び【異星船に変化あり】メッセージが出た。

異星船のリフレクターを覆っていたドームが開いてゆく。ドームが完全に消滅すると、再び核パルスエンジンが始動した。もう詳しい観察はできない。

「ハウンドを迂回アプローチさせて命拾いした。同一線上にいたら、こっちまでやられていた」イゴールが言った。

最短ルートでは異星船の噴射に邪魔されて、視認されにくくなる。そのためハウンドは異星船の斜め前方から接近するようにプログラムされていた。

「やつら、近づくものは無条件に破壊する気か」ラウルが言った。「まるで水星のグレーザー砲じゃないか」

「ハウンドは減速中だったし、ビーコンと視覚メッセージを備えていた。彗星やメテオロイドと間違えるはずはない——確認する必要があるわね。彼らは無条件に〝寄らば斬る〟なのか」

「使うとしたらレモラか。乗物はそれしかない」

イゴールが言った。

レモラは異星船への移乗のために用意された、いわば上陸用舟艇だ。遠隔操縦もできる。

「待ってください、レモラが撃たれたらどうなるんです」

エイダが言った。

「そうなったら、ファランクスで接近するんですか」

「レモラが攻撃されたら、コンタクト・ミッションは中止するしかないわ」

「そんな！」

レモラが攻撃を受けたら、艦隊司令部は敵対行動と断定するだろう。

ハウンドがなぜ撃たれたのか、その理由を知りたい。レモラにはメッセージ・スクリーンもない。ハウンドよりむしろ、ミサイルと誤認されやすい。

「だけど、他に方法がある？　本艦からも友好メッセージ送信はしているのよ？　いまさら返答があるとも思えないし」

エイダは押し黙った。

二十分のタイムラグを経て、地球からの指示が入った。

『レモラを無人で接近させることを検討せよ。再度攻撃があった場合はコンタクト・ミッションを中止して離脱せよ』

考えることは同じか。

決断しなければ。コンタクトに使える時間は今日一日しかない。

「エイダ、ジョセフ、ラウルはレモラから装備を降ろしてちょうだい。レモラを失った後で安全なアプローチ方法がわかるケースもないとはいえないから。イゴールはレモラのアプローチをプログラムして」

三十分後、UNSSファランクスはレモラを無人で発進させた。

レモラは直径四メートル、全長十メートルの円筒形で、外見は初期の宇宙望遠鏡に似ていた。円筒の一端に内側に開くハッチがあるが、現在は宇宙空間に口を開けている。開口部の周囲は蛇腹《じゃばら》状になっていて、ここが異星船と密着する。外部にはかなり強力なスラスターが取り付けられ、どの方向にも推進できる。いわばロケットエンジンつきのエアロックだった。

レモラの飛行コースは、中間地点までは十度それて進み、以後も小刻みに針路をそらしながら接近するようプログラムされた。直線的に接近するのと迂回するふりをするのとでは、どちらが相手を警戒させるだろうか。難しいところだが、ハウンドと同じことをしても始まらない。

午後五時。コクーンの中で、亜紀は望遠カメラが捉えたレモラと異星船を注視していた。一万四千キロ地点を通過したとき、亜紀は小さな歓声を上げた。いいぞ、その調子で進め。

一万二千キロ。一万キロ。九千キロ。

そのとき、異星船の核パルスエンジンが停止した。リフレクターの覆いが成長を始める。

「レモラに帰還コマンドを送った」イゴールが言った。

間に合うか。全力で逆噴射しても、前進はすぐには止まらない。

亜紀は祈った。

警報音が鳴った。スクリーンが回復したとき、亜紀は生涯を捧げた夢が潰《つい》えたことを知った。

そこにはあの白いガス塊があった。

通話音声にエイダの悲鳴が流れた。おお神様、いまのはなかったことにして。

ACT・4　2041年7月29日

艦隊司令部の壁面第一スクリーンには最重要の情報が選択されるが、この四時間というもの、内惑星帯の軌道図が表示されたままになっていた。

中心に太陽。楕円は水星軌道。水星は時計の文字盤でいうなら十時の位置。地球はずっと外側の、四時の位置にある。

異星船の軌道は、九時の位置にある八月三日時点の水星に向かって画面真上から一直線を描いている。異星船のすぐそばにUNSSファランクスが並航していた。

第一迎撃群の三隻、UNSSラザフォード、UNSSチャドウィック、UNSSキュリーは水星のやや外側に位置している。三隻は異星船の左後方から針路を横切る形になる。速度は異星船のほうが大きい。迎撃といいながら、その行動は自動車の前にわざと飛び出す当たり屋のようなものだった。

異星船のビーム砲は核パルスエンジンの生成物に極端な指向性を与えたものと想定された。エンジンは毎秒三百回もの核爆発を継続する能力がある。射撃間隔はないに等しいだろう。

迎撃艦はそれぞれ三基のミサイルとスパイダーネットを持ち、秒速十四キロの相対速度に到達できる。しかし異星船の射程距離は一万四千キロもあるので、着弾より十六分も前に蒸発させられてしまう。

迎撃は絶望かと思われた。沈鬱な空気が流れる指揮所で、膝を打った者がいた。

「なんで気づかなかったんだ、勝ち目はありますよ、死角を狙うんです」

参謀の一人だった。

「異星船のビーム砲は、おそらく百二十度程度しか首を振れません。ビーム砲の外側後方は居住トーラスがあります。その向こう側から接近すればいいんです」

「しかし船全体が向きを変えたらどうする」

「船は居住トーラスに遠心力を与えるために自転しています。ジャイロ効果があるから、容易には軸を動かせませんよ」

「なら同時に多方向から攻めれば――」

「そうです！」

作戦要旨が構内ネットワークに流されると、独立した三つの班が各個に戦闘プログラムの作成にかかった。異星船の戦闘能力の設定を変えながら、数億通りのシミュレーションが実行される。

それから候補の絞り込みにかかったが、最初から一致している点があった。多方向から同時攻撃するためには武器の半数を早期に発射すべきなのだ。

UNSSラザフォード、UNSSチャドウィックに核ミサイル、スパイダーネットの発射命令が下った。各兵器の航法システムには暫定案がロードされ、最終調整はフライト中にレーザー回線でアップロードする。

両艦とも異議なく、指示に従った。核ミサイル五基、スパイダーネット四基の発射シーケンスは一度もクルーの介入を受けることなく進行した。七月二十九日午前八時、戦闘宙域に存在するオブジェクトが五個から十四個に増大すると、司令部メインホールは喧噪に包まれた。

『コンタクト・フェイズは終了した。UNSSファランクスに戦闘宙域からの離脱を勧告する』

艦隊司令部からのメッセージが届くと、亜紀は無力感に沈んだ。

予期してしかるべき最も当たり前の想定を、自分たちはかたくなに排除してきた。

人類におかまいなしのリング建設。無応答。自身を推進剤に転換しての非情な減速。

近づくものをすべて破壊する異星船のふるまいは正確にその延長線上にあるというのに、なぜ全員揃ってショックを受けるのだろう。

協議しなくてはならない。亜紀は艦内通話のスイッチを入れた。

「勧告に従うかどうかを考えて。危険の実体としては何がある？」

「地球側の兵器がこちらを異星船と誤認する場合、ですかね」ジョセフが言った。

「それは問題ないだろう。識別信号があるし、光学的に判定もしている」

と、イゴール。

「たとえ識別信号にジャミングをかけたり、異星船が外見を急変させたとしても、位置が十万キロも違う。ミサイルは慣性誘導してるから間違えっこない」

「異星船が積極的に反撃して、この船を目標にする可能性は？　最も近い位置に大きな船がいれば、前線で指揮を執っているとみるかもしれない」

十万キロが射程外だという保証はないし、異星船が間合いを詰めてくるかもしれない。

「やつらはもっとクールだよ」ラウルが言った。「俺の勘だけどな」

そのことに反対意見はなかった。

「非公式にだけど、コンタクト・フェイズをこれで終わりにしたくないわ」

亜紀は言った。

「迎撃で異星船が損傷を受けた場合、ファランクスには救助に向かうオプションがある」

「核汚染されていてもですか？」

ジョセフが言った。

「程度によりけりね。異星船の機関が損壊して攻撃能力をなくした程度なら、救助は可能でしょう。すくなくとも、その場合に何もしなかったら悔いが残る」

「それでいきましょう、艦長。立派な名目です」

イゴールが言った。

「それに我々には戦闘状況を近距離で観測する役目もあります。迎撃の足さえ引っぱらなければ司令部は承認するでしょう」

「じゃあ、これでどう？『戦闘状況の観測、および異星船救助の選択枝を残すため、UNSSファランクスはランデヴーを継続すべきと判断する』」

異議を唱える者はいなかった。亜紀はメッセージをネットワークに流した。

七月二十九日、午前十一時。

第一迎撃群はすべての武器の投射を終えていた。

先発組は外側後方から、後発組は内側後方から、異星船に向かって接近している。UNSSファランクスの望遠カメラはまだ武器の形状を捉えていなかった。ミサイルは融除材と鏡面で全体を覆っているため、高いステルス性を持っている。もっとも、赤外線では明瞭な光点が見えてしまうのは致し方なかった。

午後十時。着弾まで三時間。距離は十万キロを切っていた。

異星船に変化はない。姿勢を変えやすくするために自転を止めることが懸念されていたが、いまのところその兆しもなかった。

ラウルから個人通話が入った。

「仮眠中だったかな、艦長」

「いいえ」

「ずっと寝てないのか？」

「そんなことないわ。小刻みに睡眠をとってるから気分爽快よ」

「ならいいんだが。夕食に出てこなかったから」

忘れていた。亜紀はスクリーン上の操作パネルを押して、流動食をウォームアップした。

「心配しないで。私は大丈夫。ちょっとふられた気分だけど」

「思ったよりタフなんだな」

「年の功よ。みんなはどうしてた？」

「エイダがちょっと沈んでた。ほかはまあ、しっかりしてる」

エイダか。自分に負けず劣らず、ビルダーとの交流を夢見てきた女性だ。思い詰めた顔で、直接コンタクトするチームに加わりたいと申し出てきたこともある。

「ファーストコンタクト転じて着弾観測なんていい気分じゃないな、俺は。酒でも飲んで眠っちまいたいよ」

「案外デリケートなのね。そうしてもいいわよ。どうせ報告はアシスタント・システムがやってくれるんだし」

クリームシチューが温まったので、飲み口をくわえて一口含む。

「そうはいくか。俺はまだ決着がつかない。あんな暴君が、どうやったら星間文明を構築できるんだ」

「暴君だからこそ、できたのかもしれないわ」

「そして太陽系が蹂躙《じゅうりん》される番がまわってきたってわけか」

七月三十日、午前零時五十五分。

人類初の宇宙戦闘は最終局面を迎えていた。ミサイル群は居住トーラスの死角側から二万キロまで接近していた。

スパイダーネットはすでに展開を終え、目標の未来位置に向かって一直線に飛行している。

核ミサイルは機首から四つの弾頭を分離した。各弾頭はランダムにコースを変えながら接近するが、地球の直径を凌駕する距離スケールのなかでは充分な変化量ではなかった。変化を大きくするにはより多くの推進剤が必要で、弾頭の数が減ってしまう。

ミサイル本体は自爆して無数の破片を作った。これは空中戦で使われるフレア、チャフと呼ばれる攪乱物に相当する。レーダー反射材とダミーの熱源をばらまくことで、核弾頭を見えにくくするためだ。

核ミサイルが多弾頭で、フレアとチャフを持つことは極秘にされてきた。先の試射でも弾頭は四つ同時に起爆して正体を隠している。ビルダーが地球上で交わされる通信を傍受している可能性があったからだ。

戦闘情報ディスプレイの中で、いまや異星船は無数の飛行物体に取り巻かれていた。その囲みは刻々と収縮してゆく。

異星船が自転を止める様子はない。

もしや人類は、宇宙一奸智《かんち》にたけた種族なのだろうか。高度に成長しうる技術文明の担い手は、このような狡猾《こうかつ》さを持ち合わせていないのではないか。

直後、亜紀はそれが愚かな思い上がりであると知った。

異星船の核パルスが停止する。ついで中央船体と居住トーラスを結ぶスポークが消失した。

中央船体はめざましい速度で居住トーラスから離れた。リフレクターにはドームが出現し、射撃態勢に変化している。

あとは機関銃を乱射しているようなものだった。分離して動き回る中央船体に死角はない。ビーム砲はまたたくまに目標を蒸発させていった。

包囲半径が八千キロを下回ったとき、そこに固体は存在しなかった。蒸気になっても突進は続いたが、異星船に達したときにはすっかり拡散しており、目標は微動だにしなかった。

中央船体は何事もなかったように居住トーラスの中心に復帰した。機関部からスポークがするすると延びてゆくのが、なにかの冗談のようだった。

「あれがコミュニケーションだというなら、わかったことがひとつある。俺たちが話す価値もない下等種族だってことだ」

亜紀の心境を見透かしたように、ラウルは言い放った。

「最初がリングの破壊。二度目がハウンドとレモラ。三度目が全面攻撃。ビルダーが地球人の行為に反応したのはこれだけだ。人間にとっての蚊みたいなもんだ。蚊がどうあがこうが払いのけるだけだ。蚊のほうで総力戦をしかけても、エアゾールを撒いておしまいだ」

「シニカルにならないでちょうだい、ラウル」

「戦略的判断さ。ビルダーは人間が邪魔なときしか反応しない。これはコミュニケーションなんてものじゃない――ちくしょう、嫌なものを思い出しちまったぜ」

「嫌なもの？」

「いいんだ。なんでもない」

ACT・5　2041年7月30日

『UNSSファランクスを二万キロまで接近させたい。クルーの合意は得られるか』

午前八時、艦隊司令部はそんな打診をしてきた。メッセージは艦長だけに宛てたものだった。文面は簡潔だが、慎重に扱えということだろう。

司令部が編成した第二迎撃群の攻撃プログラムは、ミサイルの核弾頭が持つ推進剤を一個の弾頭に集中し、残りをダミーとする戦法だった。これによって想定外の機動性を弾頭に与える。

残りの弾頭はフレアとして使用する。撃たれる前に起爆して強烈な熱、閃光、核サージで相手にめくらましをかける。

死角から接近することはせず、速度が最大になる軌道を選ぶ。

UNSSファランクスには異星船の挙動を観測する新しいプログラムがアップロードされた。ビーム砲がどこを向いているかを算出して弾頭に知らせるためのものだ。弾頭の持つ視覚は性能が低く、少々離れていてもファランクスが観測したほうが高精度になる。

ただ、ファランクスは弾頭の飛来方向とは反対側に位置しているので、情報伝達に一秒近いタイムラグが発生する。そこでぎりぎりまで接近させようというわけだった。

それにしても二万キロとは。

「離脱しろだの近づけだの、忙しいことね」

亜紀は独りごちた。この一隻をランデヴーさせるために莫大な費用をかけたのだから、有効利用しようということか。これはフェイス・トゥ・フェイスでやったほうがよさそうだ。亜紀は全員を共有区画に集めて、事情を説明した。

「これまでの観測では、異星船の防衛ラインは一万五千キロあたりにあるらしい。二万キロまで接近してミサイルとの位置関係を最適化すれば、タイムラグはコンマ一秒以下になる。それに観測精度も上がるというわけね。どうかしら？」

互いの出方をうかがうような沈黙が流れた。ラウルが口を開いた。

「二万キロなら撃たれないって根拠はあるのか」

「司令部は何も」

ラウルは鼻を鳴らした。

「自分としては、危険に直面する覚悟はできていますが――」

イゴールがおずおずと言った。

「しかし前回と違って、戦闘に積極的に荷担することになる。ビルダーがそう認識したら、こちらを攻撃するかもしれません」

弾頭を瞬時に蒸発させるビームだ。少々離れたくらいで威力は変わらないだろう。そしてファランクスに機敏な回避運動は望めない。

「ちょっと変じゃありませんか。艦隊にはグレーザー砲って切り札があるんです。第二群の攻撃でそこまで捨て身になる必要があるでしょうか」

「グレーザー砲は、宣伝されているほど信頼されていないのよ」

亜紀は言った。

「水星やリングを守備しているグレーザー砲は、ビルダーの船を決して撃たないでしょう。仲間を識別する機構が必ずある。それはグレーザー砲の外についている照準望遠鏡だと考えられてきたけど、本当にそうかしら。本来はライトセール船だったものがあんな変わり果てた姿になったのに、グレーザー砲は仲間だと識別できる？　にもかかわらず、異星船は恐れる様子もなく水星に向かっている」

イゴールは額をぬぐった。

「考えてなかったな」

ＵＮＳＳトムソンが運んでいるグレーザー砲は照準望遠鏡を除去してあるし、全体を電波遮蔽膜で包んである。それでも異星船からなんらかの情報が伝われば、砲撃を停止するかもしれない。グレーザー砲の機構はいまだに解明できないし、トリガー因子も試行錯誤で見つかったにすぎない。

「もちろん、だからといって我々が第二群の迎撃に命を懸けなきゃいけないという理由にはならないのよ。正直に意見を言って」

「議論の余地はないと思います」

エイダが言った。

「この艦を飛ばすために何万人が飢え死にしたでしょう。異星人との対話なんて幻想のために。せめて何かの役に立ちたいんです」

「コンタクト・ミッションはくだらない試みだったというの？」

「結果的には」

「試みとは、結果を知らないからするものよ。私はこのことを恥じていないわ」

エイダは口をつぐんだ。

亜紀は他のクルーを見回した。

「ほかのみんなは？」

司令部の指示に反対する者はいなかった。

亜紀は解散を命じ、艦隊司令部に回答を送った。

イゴールとエイダは艦の移動にとりかかった。ラウルは観測プログラムをテストした。これまでに撮影した異星船のビーム砲の写真を読ませて、ビームの向きを正しく推定できるかを確認した。

ＵＮＳＳクルックス、ＵＮＳＳアインシュタイン、ＵＮＳＳミリカンの三隻は、早々とミサイルを発射した。着弾は明日になる。

　少し眠っておかなければ、と亜紀は思った。

　しかしエイダの言葉が耳について離れない。アシスタント・システムにお伺いを立てると、睡眠薬入りのレモネードを処方してもらえた。

　それを飲む前に、個人通話でラウルを呼び出した。

「お疲れかしら」

「ぴんぴんしてるよ。男盛りの三十六歳だ」

「五十一歳の艦長からひとつお願いがあるんだけど」

「何かな」

「エイダをなぐさめてやってくれない？　かなりまいっているようだから」

　しばらく間があった。

「なぐさめるってのは、具体的には？」

「共有区画に呼び出してお酒を飲むとか、そういうことよ。彼女のあなたへの気持ちは知ってるでしょう？」

「なぐさめなきゃいけないのは、そっちじゃないのかな」

　ラウルはそう言った。

「昨日からずいぶん気を遣ってくれているようだけど、私はそんなに弱って見える？」

「思い過ごしならいいんだがな」

「白状すれば睡眠薬を飲むところよ」

「ひどいな、自分は寝るのに俺には働けってか」

「ごめんなさい。その――」

「さっきからあんたのことを考えていたんだ。明日のあれは、かなりやばい。こうやって話ができるのも、今夜が最後かもしれないからな」

こっちに来てくれと言えば、来るだろうか。

ラウルと出会ってからの十七年間、何度かそんな場面があった。亜紀はそのたびに、つれない言葉を返してきた。

相手と距離を保つこと、これもひとつのコミュニケーションだろうか。艦は異星船に対して間合いを詰めているというのに、自分はあいかわらずだ。

亜紀は頭を振った。二十年前、別れまぎわに交わした、あの抱擁の感触がよみがえる。

いま親密になるのは、よくないことのような気がした。

「あなたも休んでちょうだい。おやすみなさい」

ACT・6　2041年7月31日

午前五時十四分。最初の閃光は、一万七千キロ地点で発生した。

異星船のビーム砲がそちらを向く。発砲。火球。

そのたびに画面がフラッシュする。

ビーム砲の観測は支障なく進んでいるだろうか？　UNSSファランクスの通信用レーザーはすべて弾頭への送信に使っている。データは絶え間なく流れているようだ。弾頭からの位置情報も返ってきている。

立て続けに六発のダミー弾頭がエネルギーを解放すると、つかのまビーム砲の動きが止まった。それも十数秒のことで、再び連射が始まった。

戦線が一万キロ地点を越えた。正規弾頭のうち、生き残っているのは六発。

ひときわ大きな火球が発生した。展開前のスパイダーネットにとりつけた核弾頭が爆発したのだった。ネットの材料が蒸発して、巨大なプラズマ雲を作る。

その間隙をついて、四基の弾頭が突進する。

閃光がひとつ。ふたつ――これはダミー弾頭。

二基の正規弾頭が、ついに五千キロ地点を越えた。異星船との相対速度は秒速十四キロ。

あと六分生き延びれば着弾する。

一基の正規弾頭が蒸発した。それから最後のダミー弾頭が爆発した。

まだ三千キロの空間が残されている。

最後の正規弾頭は、まだ推進剤を残していた。恐ろしい加速で動き回り、ビーム砲をかわしている。距離が狭まったことで相対的に角速度が上がり、回避しやすくなってきたようだ。

だが、それも掩護なしでは限度があった。弾頭は千七百キロ地点で蒸発した。

それから、もつれあったスパイダーネットの破片が始末された。

異星船と衝突コースにあった物体はすべて消滅した。

もはや誘導するものはない。次に近いのは本艦だ。亜紀は叫んだ。

「イゴール、全速離脱!」

「始めてます!」

ファランクスはミサイルのように機敏には動けない。原子炉をフル運転したまま推力をゼロになるまで相殺するベクターノズルがない。かといって推進剤を送らなければメルトダウンしてしまう。核反応が立ち上がり、最高出力で緊急加速しても〇・一Gだ。

亜紀は望遠映像に目を凝らした。ビーム砲がこちらを向いたら観念するしかない。

いまの迎撃でまき散らされたガスで、視程は悪化している。

おぼろげながら、ビーム砲の口が動きはじめた。

だめか。いや、向きが変わっているのではない。あれは——

「離脱中止！」

ビーム砲は核パルスエンジンに姿を戻していた。

異星船は何事もなかったように水星への航行を再開した。


「どうやら、生き延びたようね」

「いい線まで行ったんだがな」

イゴールが言った。

「明日はいよいよ切り札のグレーザー砲か。うまくトリガーしてくれりゃいいんだが」

「そうね」

なにげなく答えた自分に驚く。ランデヴーが始まるまでは、ビルダーを倒す方策などタブーに近い話題だったのに。

その時、ラウルから個人通話が入った。

「試したいことがあるんだ。わけは聞かないでくれ。通信レーザーをひとつ、俺に使わせてほしい」

「通信レーザーなら余っているけど、わけは知りたいわ。異星船からこの距離にあって、その装置を使うとなればね」

「たのむ。最後のチャンスなんだ」

声に、いつにない焦燥があった。

こんな場面を自分は知っている。〈島〉のグレーザー砲から立ち去ろうとした時、自分もそう言ったのだ。試したいことがある、と。

「あとで通信デバイスのパーミッションをチェックしてみて」

「かたじけない！」

亜紀は艦長権限でシステム管理の窓を開き、通信レーザー四番の使用権限を再設定した。ついでに他の場所も調べてみると、アシスタント・システム用の予備領域がラウルの実行したプロセスに大きく食われているのがわかった。

プロセス名はｎａｔａｌｉａ。


午前七時。朝食時間になっても、ラウルは共有区画に現れなかった。

現れた三人も、夢から覚めたような顔をしている。

亜紀は加熱器からアップルパイを取り出して、皆に配った。

「イゴール、塩を取ってちょうだい」

食塩水のパックを受け取り、パイに染み込ませる。

「艦長、おそれながらその食習慣はどうしても理解できません」

「私には甘すぎるのよ」

「塩を加えたからといって甘みが減るわけじゃないでしょう」

「甘ったるいだけというのが耐えられないの。みんなも試してみれば。ジョセフ、エイダも」

自分とイゴールだけで話していては団欒《だんらん》にならないと思って、亜紀は言ってみた。

「じゃあやってみましょうか」

ジョセフが食塩水に手を伸ばした。

「エイダ、あなたはどう？」

こちらを見て、すまなさそうに顔を横に振る。

「エイダ、食べたいデザートがあったらトレードしましょうか？」

「いえ、いいんです」

「悪くありませんね、塩味も。隠し味ってやつですかね」

ジョセフが言った。

「日本では西瓜《すいか》に塩をかけるわ。メロンにかける人もいるし」

「私はごめんこうむりたいですね」

イゴールはコーヒー容器を口にくわえると、窓のシールドを開けた。

視界の大半は遮光盾に覆われていたが、端に明るく光るものがあった。

「すごい、もう水星の形が見えてるぞ。半月状じゃないか」

皆が窓辺に集まった。

最初はまばゆい光点にしか見えなかったが、イゴールが窓の減光量を加減すると、その形がわかった。白熱した半円だった。赤道部分にフィラメント状の噴泉も見える。さらに光を絞ると、地表の濃淡と赤道ベルトがかろうじてわかった。

そこから五百万キロの位置にグレーザー砲を抱えたUNSSトムソンとベックレルがいるはずだが、さすがに肉眼では見えない。

「地球はどう?」

「無理でしょう。太陽の裏側あたりですよ」

会話が途切れた。

皆、同じものを見ているな、と亜紀は思った。二億キロ彼方にある青白い光の点。

「帰るしかないのかしらね。あそこへ」

誰も答えない。なごみかけた空気を台無しにしてしまった。

イゴールがパイの容器をディスポーザーに押し込み、事務的な口調で言った。

「夕食後から軌道離脱シーケンスにかかります。グレーザー砲に巻き込まれちゃたまりませんからね。これで水星軌道とはお別れです」

エイダが両手に顔をうずめた。嗚咽《おえつ》が洩れる。

亜紀はそばに行って、肩を抱き寄せた。

「できることはやったわ。最後まで気を引き締めていきましょう」

「待ってくれ」

ラウルが現れた。コクーンから泳ぎ出して、こちらにやってくる。

「これを見てくれ」

壁のスクリーンを操作して、レーザー通信系のトラフィック・モニターを表示する。

パルス変調されたデータがグラフの上を流れていた。

「これは何？」

「ナタリアだ」

「え？」

「俺はやめたわけじゃないんだ。まだこつこつやってたのさ。ETICCの俺の研究室にあったデータを取り寄せて、ここのシステムでエミュレーションしてみた」

「わかるように言ってくれないか、ラウル」と、イゴール。

「俺は学生時代、ナタリアってAIを作って研究してたんだ。そいつは人間と対話することはできなかったが、なにか意味のありそうなことをしていた。失敗作だと思って研究は中止したんだが、内部状態は保存しておいた。ときどき引っぱり出しては仮想マシンの上で走らせて改良したりしていた。そいつがどうも昨日あたりから気になって仕方がなくなった。この艦のアシスタント・システムは恐ろしくパワフルだから、そこをちょっと分けてもらって、ナタリアを走らせてみた」

「気になったというのは？」亜紀が訊ねた。

「今日の戦闘さ。俺は、こっちも攻撃を受けると覚悟していたんだが、そうならなかった。ビルダーはかなり苦戦していたのに、その原因がファランクスにあるとわからなかったんだ」

「あの忙しい戦闘中に思いつくかしら」

「ビルダーは昨日も今日も、初めて出会う敵の、かなり手の込んだ迎撃を見事にかわしたんだ。それならファランクスが絡んでることぐらいわかりそうなもんじゃないか。防衛ラインのすぐ外で、ぴったり速度を合わせて追従してるんだぞ」

「その前に教えて。ナタリアは誰と交信しているの」

「ビルダーさ」

「なんだって！」イゴールが声を上げた。エイダも目を見張っている。

「ナタリアの内部状態を記号化して異星船に向けてみた。同じ波長で応答があった」

「それでビルダーはなんて言ってるんだ」

「わからん。ナタリアの考えもビルダーの考えも皆目わからんのだ。アシスタント・システムに問い合わせたが無駄だった。だがとにかく応答してるんだ。こいつらは似たもの同士ってことじゃないか」

　ラウルはスクリーンにもうひとつの窓を開いた。異星船から検出したレーザー信号を帯状に表示したものだった。そして送信側と受信側のデータを指で交互に示した。

「同じパターンだ。記号化の文法は同じだ。さっきの話に戻すが、亜紀――」

「うん？」

「あんたが初めて俺の部屋に来たとき、ナタリアの電源スイッチに指をかけて脅したろ。ナタリアは反応したか、覚えてるか」

「しなかったわ」

　十七年前の記憶が、ありありとよみがえる。

『やめてくれ、こいつには対人関係ってものがないんだ』とあなたは叫んだ」

「そうだ。自己もなければ敵もない。誰かが自己の命を奪うってことも知らない。似てるじゃないか」

「何と」

「さっきの戦闘にファランクスが関与してると気づかなかったビルダーとさ」

　亜紀は息を呑んだ。

「ビルダーは自分に向かってくるものを排除するだけだ。いかに人工的な動きをしようと、メテオロイドや彗星と同一視するんだ。奴にとっちゃ他人ってものがないからだ」

〝心の理論〟を持たない存在。そうなのか。

「でもナタリアにだけは興味を示した。でもいきなり脳の結線図みたいなものを見せられて、理解できるかしら」

「わからん。だが問題は理解するかどうかじゃなくて、興味を示したってことだ。自分の一部だと思ってるんじゃないのか。他人ってものがあり得ないなら。なあ亜紀、いや艦長、ビルダーがこっちをそう考えてるんだとしたら、どうなんだ。自分の一部が近寄ってきたら、撃つか？　どうなんだ？」

亜紀は皆の顔を見回した。皆もこちらを見ていた。

離脱は二十時。あと十二時間。司令部と交渉すれば、もっと遅らせられるかもしれない。

「意見をちょうだい。GOかNOGOか」

「GO」イゴールが言った。

「GOです。そのために来たんですから」エイダが言った。

「答える前に質問させてください」と、ジョセフ。「異星船が接近を許したとしたら、艦長とラウルと私が移乗するんですね？」

「そうなるわね。レモラがないから、直接船外活動で」

「わかりました。私はお二人を守るのが任務ですので、艦長に判断を委ねます」

「私はGOよ」

「俺も言うのか？　もちろんGOだ」と、ラウル。

「決まりね。全員仕事にかかってちょうだい」

亜紀は宣言した。司令部の説得は、自分の仕事だ。

第四章　向き合う心

ACT・1　2041年7月31日　15時

もはやコンタクト艦に利用価値はない——艦隊司令部が意外にあっさりと承認したのは、つまりそういうことだろう。ファランクスの軌道離脱は、二十時から二十三時ちょうどに変更された。それが翌一時に発射されるグレーザー砲の影響範囲から脱出できる、ぎりぎりの時間だった。

一万五千キロ地点にさしかかったときは目を閉じたものだが、何も起きなかった。

一万キロ。五千キロ。千キロ。

レーザーの糸で結ばれた二隻の船は、音もなく距離をつめてゆく。

ついにUNSファランクスは、異星船の左舷五百メートルまで接近した。側面から見た異星船は十字架のように見えた。さらに微速で移動して、異星船のやや後方で停止する。核パルスエンジンから側方に洩れる粒子を避けるためだ。

居住トーラスの中心から進行方向に、巨大な聖杯を思わせるリフレクターが突出している。

リフレクターの外側に多数の棘が海胆《うに》のようにとりまいているが、これは推進剤ペレットを点火するレーザー装置だろう。

リフレクターの中心に射出された砂粒ほどの燃料ペレットをレーザーが狙い撃つと、ペレットは爆縮し、核融合反応を引き起こす。ペレットを構成していた原子は光速の〇・七パーセントまで加速され、直径百メートルにおよぶリフレクターの開口部から噴射される。このサイクルが毎秒三百回繰り返される。

リフレクターの材質を知るだけでも、人類の宇宙工学を躍進させる収穫になるだろう。しかしエンジンの稼働中にそこへ首を突っ込むのは自殺行為だった。

直径三百メートルの居住トーラスを挟んで、エンジンの反対側には継ぎ目のない灰色の円柱が百メートルにわたって突出していた。コンクリート塊のように見えるが、これは推進剤そのものにちがいない。過去二日間でこの柱が縮む様子が観測されている。ナノマシンがこれを燃料ペレットに加工してエンジンに運んでいるのだろう。

居住トーラスとハブの間には六本のスポークがあった。スポークの直径は二メートルに満たない。全体のプロポーションからすれば糸のようだった。

「エアロックらしきものはないな。窓もない」

ラウルが言った。

「まるでブロイラー工場だ」

「まさか、太陽系に到着したことさえ知らないとか？」

「俺が設計者でも、窓なんて構造上の弱点は作りたくないがな」

亜紀はレモラから移しておいたソノプローブにコマンドを送った。

船外のランチャーから、十二個の球体が発射された。

プローブはガスジェットを噴射して、個々にプログラムされた目標に向かった。

ソノプローブは異星船の表面にとりつくと、他のプローブと同期しながら超音波パルスを発して内部構造を探査した。計測値は母船のコンピュータに送られ、リアルタイムで解析される。

コクーンのスクリーンに異星船の内部構造が表示されはじめた。

「これがナノテクの威力か……」

ラウルが感に堪えた声で言った。

「空洞があるのは居住トーラスだけだ。あとはすべて液体か固体でみっしり埋まってる」

居住トーラスの断面は真円で、直径は四十メートル近くあった。外壁はのっぺりした灰色で、ところどころにこぶのような膨らみがあるだけだった。窓はもちろん、ハッチや点検パネルも見あたらない。

間近で見るとスポークとの結合部分にエッジはなく、樹木の枝のような連続性がある。

「ナノテクで本当にすごいと思うのは、この設計技術だな」

ラウルが言った。

「機能単位でモジュール化しないんだ。すべてが隙間なく一体になってる。生物体そのものだ」

「できれば訪問者用の出入り口を用意しておいてほしかったけどね」

亜紀は言った。

「ないならこじ開けてでも入るしかないわ。コンタクトチームはエアロックに集合して。あとは支度しながら検討しましょう」

亜紀、ラウル、ジョセフの三人はコクーンを出て、ハードシェル・スーツを装着した。

スーツの内圧は〇・六気圧で、予備呼吸の必要はない。

それぞれ、スーツに自分のコクーンの環境を移す。表示はヘルメット・ディスプレイ、操作は視線、音声、舌スイッチ、ハンドサインを組み合わせる。ディスプレイの片隅には、ファランクスが離脱する二十三時を起点とするカウントダウン・クロックを表示させた。

Xマイナス六時間二十七分。

「みんな、準備はいい?」

「OKだ」

「はい」

三人はエアロックから船外に出た。

ラウルとジョセフはスーツに大きな道具箱を装着している。

バックパックのジェットを噴射する。ファランクスの全長を覆う遮光盾から日照の中に踏み出すと、サンバイザーが瞬時に反応して減光した。

前方には異星船が、もうヘルメットの視界をはみだす大きさで横たわっていた。

「彼らがファランクスを自分の一部だと考えてくれるのはいいけど、私たちはどうなの?」

「わからんな。だがナタリアの一次視覚野にあちこちのカメラ映像をロードしてる。俺たちの姿もだ。それを理解してくれることを祈るしかない」

居住トーラスの横を通過する。その周速度は時速七十キロを越えており、この距離ではぶれて見えた。もちろんそこへ飛び移るわけにはいかない。

船体中央部が目前に迫る。

「待っていてください」

ジョセフが前に出て、スポークの根元に取り付いた。ジョセフはスポークとともに回転していった。四十三秒後、船が一回転したときには、ジョセフは粘着テープを併用してテザーをスポークに巻き付けていた。テザーは靴紐よりも細く、ジョセフの腰についたボビンに三百メートルが蓄えられている。

亜紀とラウルはジョセフの腕につかまり、テザーを自分のストッパーつきカラビナに通した。

三人はスポークを足場にしながら、百五十メートル先の居住トーラスに向けて懸垂下降した。

はじめのうちはジェットを使った。やがて遠心力がかかりはじめ、テザーが張るようになった。コリオリ効果でスポークにやんわりと押しつけられる。

居住トーラスの屋根に着地する。〇・三Gとはいえ、地球を発って以来、久しぶりの重力だった。モルタルを打ちっぱなしにしたような表面は適度の摩擦があったが、いまにも転げ落ちそうな気がして、亜紀は四つん這いになった。

不意にヘルメット内にざわざわという音があふれた。

手首の聴音マイクがひろった、異星船の音響だった。

「少なくとも、非常サイレンは鳴っていない」

亜紀は小学生の頃、課外授業で行われたネイチャー・ゲームを思い出していた。樹木の幹に聴診器を当てるとこんな音がしたものだ。教師はそれを、樹木が水を吸い上げる音だと言い、亜紀もそう信じていた。

ラウルとジョセフは道具箱を下に置き、粘着テープで固定した。

箱の中から簡易エアロックを取り出して拡げる。それは気密にすぐれたドームテントのようなもので、直径四メートルの底辺を船殻に硬化樹脂で接着する仕組みだった。

「接着剤が効けばいいんだけど」

「これまでのところ、粘着テープは使えていたからな」

「そうね」

樹脂が硬化すると、三人は中から気密ファスナーを閉じた。

内部に〇・三気圧の窒素ガスが満たされた。内部の気圧はわからないが、真空よりはましだろう。

亜紀はサバイバル・アックスのハンマー部分で外壁を軽く三回ノックした。

応答なし。

今度は強くノックしてみたが、やはり応答はなかった。

「打音に応答なし」

ジョセフがボーリングマシンを組み立てはじめた。それは原油採掘施設のミニチュアのようなもので、直径二センチのドリルの先端にダイヤモンドチップがついている。ドリルは継ぎ足して最長十メートルまで掘削できる。

「始めますよ」

「ええ」

刃先が船殻の上を滑った。まるで歯が立たない。

「相手はダイヤモンドと互角です」

「仕方ないわ。チップをプラズマトーチに換装して」

宇宙船の中にいて、超高温の炎が壁の向こうから現れたらどんな心地がするだろうか。しかし穏便なことから順に、できることはすべてやった。

いま自分たちがしていることは、ファースト・コンタクトというより威力偵察なのだ。

先端にプラズマを灯したドリルは、一・七メートル潜ったところで手応えを失った。

「貫通したようです」

「思ったより薄いわね」

密封状態を保ったまま、ドリルを抜いてセンサーを差し込む。先端のカメラが捉えた映像が、全員のヘルメットに転送される。

穴の側面は最初の数センチが無垢《むく》の物質で、そこから発泡構造に遷移していた。泡は内側へ行くにつれて大きくなり、植物の茎の断面を思わせた。

暗い穴の出口が近づいてきた。カメラが壁を貫通すると画像は真っ暗になった。広い空間に出て、照明が届かないらしい。

ジョセフが空気成分の分析結果を読み上げた。

「窒素四十二パーセント。酸素五十六パーセント。その他不活性ガス二パーセント。気圧は〇・四三。気圧さえ馴化《じゅんか》すれば、そのまま呼吸できますよ。生物隔離の問題は別ですが」

「まわりにエイリアンはいないようだ。入り口としてはちょうどいいんじゃないか？」

「そのようね。ここから入りましょう」

双方の気圧を揃えてから、プラズマトーチをコンパスのように使ってトンネルの掘削にかかった。穴は一時間ほどで開通した。

低重力のせいもあったが、切り出された円筒はきわめて軽く、片手で振り回せるほどだった。

ライトを向けると、数メートル下方に強い反射があった。ハニカム状に仕切られたセルがぎっしりと並んでいる。一個のセルの直径は一メートルほど。

あそこまでセンサーを降ろして調べることもできるが……。

時間がない。さっさと乗り込んでしまおう。

亜紀はそう判断した。新奇なものにはこれからいくらでも出会うだろう。この居住トーラスだけでも相当な容積がある。一刻も早くこの船の主を見つけだし、意志疎通をはからなければならない。

異星船内への第一歩を印す役目は亜紀にあてられていた。

穴のそばに通信機を固定し、スーツにとりつけたボビンから光ケーブルを引き出して接続する。船内では電波が通じないと予想されたからだった。通話音声やヘルメット・カメラの映像、各種センサーの情報はすべてファランクスに伝送され、ネットワークを介して全世界に中継される。

テザーを簡易エアロックの把手《とって》に結び、スーツに通す。

亜紀はほかの二人の顔をうかがった。同意のまなざしが返ってくる。

最後に外部からの映像をチェックする。

異星船の挙動に変化なし。

「これより船内に入ります」

亜紀は全人類に向けてそう告げ、懸垂下降にかかった。

《生魚の臭いがします》

合成音声が響いた。嗅覚センサーの出力だった。

液体の満ちたハニカム構造の上に降り立つ。六角形のセルは透明の膜で覆われていた。

内部にはどんよりと濁った液体が満ち、黄緑色の物体が沈んでいた。

《臭いが強くなりました》

六角格子の縁は体重を支えるのに充分な強度があった。亜紀はテザーを外し、次の者にゆずった。

全員が降りて、無言で周囲を見回した。

その古い恐怖映画は艦内のライブラリにもあったから、思うことは同じだった。どうか黙っていてくれと亜紀は願ったが、ラウルはやはり言った。

「足許だが、むやみに覗き込まないほうがいいな。顔面を襲われるぞ」

ハニカム状の床は円周方向にせり上がり、これも有名なSF映画を連想させた。

天井部分は外形を反映してアーチ状になっていた。縦横に桟《さん》のようなものが走っていたが、太さと密度はさまざまで、皮膚に浮いた血管を思わせた。

「いよいよギーガーの世界だな」

「お願いだからその映画から離れてちょうだい」

「悪かった」

「ここは居住区の、いわば屋根裏部屋ですよね。だから誰もいない、と」

「そう。このハニカム水槽は彼らの子孫か、あるいは食料を培養してるんでしょう。リビングルームへの通路を探しましょう」

三人は回転方向《スピンワード》にそって歩きはじめた。

ずっと前方、せりあがった床が手前の天井に遮られるあたりから、淡い緑色の光が漏れていた。

それは床に開いた、直径二メートルほどの穴だった。階段もスロープもついていない。通気坑だろうか。

《厩舎《きゆうしや》とメープル・シロップの臭いが加わりました》

「厩舎ってのはどんな臭いだ」ラウルが不満を述べた。

穴の縁に立って下方をうかがう。

亜紀は身がすくむのを覚えた。

そこは不定形のジャングルジムだった。

複雑な分子模型のようでもある。結節点の間隔はおよそ二、三メートルで、あらゆる方向に灰白色の樹木の幹のようなものが拡がっていた。太さは人間の胴体ほどある。表面は多孔質で、枝状の珊瑚を思わせた。

不定形ではあるものの、おおむね等しい体積で空間を仕切るこの構造は、自然界に普遍的なものだった。細胞や泡の集積から面を取り去り、輪郭だけを描くとこのようになる。

亜紀は穴の縁にアンカーを接着してテザーを結んだ。

懸垂下降して、いちばん近い幹に降りる。

靴底がその質感を伝えてきた。鮫の肌のような摩擦がある。改良されたハードシェル・スーツには感謝するしかなかった。従来のスーツでは膝から下はギプスを巻いているに等しく、これから予想されるターザンまがいの活動はとてもできないだろう。

改めて周囲を見回す。

幹が形作る不等辺の枠の向こうに別の枠が見え、それらが入れ子になってどこまでも続き、エッシャーの版画のような効果を生んでいる。見通しは実質二十メートルというところか。

光源は内壁の全面にあるようだった。あらゆる方向から淡い緑の光が散乱している。構造に異方性がなく、低重力とあいまって空間識失調を起こしそうだった。

視野の隅で何かが動いた。

亜紀はとっさにそちらを見たが、もう何も見えなかった。ヘルメット・カメラの映像を再生してみたが視界には含まれていなかった。

「異状ありませんか」

ジョセフが待ちかねたように尋ねた。

「ごめんなさい。大丈夫、降りていいわ」

ラウルが周囲を見回しながら言った。

「俺の第一印象を語っていいかな」

「二十世紀のホラー映画でなければ」

「アイザック・アシモフが関与したまともな映画だよ。ここにあるのは脳細胞のネットワークさ。俺たちは異星人の脳の中にいるんだ」

「この低密度じゃ、演算速度はかなり遅くなるわね」

「急ぐ必要がないのかもしれない」

「それはそうね」

亜紀は光ケーブルの新しいボビンを足許の幹に固定した。

簡易エアロックからずっと引いてきた光ケーブルをボビンのハブに差し込み、新しいケーブルを繰り出して末端を宇宙服に接続する。

「さて。行くとしたらどっち？　私たちは天井から降りてきたわけだから——」

「床まで降りておきたいな」

「そうしましょう」

三人は幹をつたいながら下方に移動した。

《腐敗した沼のような臭いが強まっています》

「どうでもいいが、この嗅覚センサーのインターフェース・デザインは最悪だぞ。ポーの愛読者か」

絶え間なく悪態をつくのは、ラウルが恐怖を覚えているからだろうか。

だが、決定的瞬間が訪れたとき、彼は平静だった。

「おいでなすったぜ」

ラウルは何気ない口調で言った。

「俺が間違ってたよ。ここが脳だとしたら、軸索の上を巨大なコブラが這い回ってるなんてありえないもんな」

ACT・2　2041年7月31日　19時

数分以内に全世界が悲鳴を上げるだろう。心臓発作を起こす者が出なければいいが。

三十五年にわたって追い求めてきたものについに対面したとき、亜紀は心の隅でそんなことを考えていた。

体長は四メートルを越えるだろうか。

持ち上がった半身の最上部は丸く膨らみ、これが頭部になるのだろう。顔面は肉質の皮膚で覆われ、それを取り囲むように白い毛皮が始まっていた。毛皮はしっとりと濡れていて、背面のすべてを覆っているらしい。

顔の中央付近にメガネザルを思わせる真円の眼が二つあった。瞼《まぶた》は上下に動き、十数秒おきにゆっくり開閉した。顔面の開口部はそれだけで、鼻や口や耳にあたるものは見あたらない。

首もなく、頭部の輪郭はファラオのマスクのように裾広がりになって肩に続いていた。そのかわり前後の厚みは半分以下になり、確かにコブラのようだった。

二本の腕は細いが人間の脚ほどの長さがあり、途中の関節は二つ、肘と手首にあたる位置にあった。長くしなやかな指が四本あり、うち一本が親指のように対向している。どちらの腕も脇を締め、肘を折り曲げて、バレーボールをトスする形に折り畳まれていた。

胸部を見ると、肩胛骨と鎖骨らしい骨格が皮膚の上に浮き出ていた。胸の中央に大きな縦の亀裂が走り、そこが口器と思われた。口器の左右には鮫の鰓《えら》のようなスリットが二列ずつ開いている。

胸より下の皮膚はしだいに角質化し、鱗模様になって腹部に連なっていた。

腹部は地面——幹の表面に密着していた。背面が毛皮に覆われていることを除けば、下半身は蛇そのものだった。その厚みは幅の三分の一ほどで、総じて平らな舌状の身体をしている。

衣服や装身具のたぐいはつけていない。

生物は幹から幹へ、滑るように進みながら近づいてきた。

ジョセフが亜紀の前に出て、軽く身構えた。武器は携帯していない。チームにマーシャルアーツの達人が同行しているのはそのためでもあった。

「敵意を表さないようにね、ジョセフ」

「わかってます」

生物はまっすぐこちらに向かってきたが、手前の結節点で右に方向転換した。数メートル横でこちらとほぼ並行する幹をつたい、何事もなかったかのように後方に去った。

後を追おうとしたとき、下方から別の個体が現れた。毛並みが黄味がかっていることを除けば、大きさも形も最初に見たものとそっくりだった。

亜紀は外部スピーカーのスイッチを入れた。音量は低めにする。

「ハロー」

両腕をそっと差し述べ、呼びかけた。

大きな眼球は明らかにこちらを視野に入れていたが、この個体もまったく関心を見せず、反回転方向《アンスピンワード》に去った。

ラウルが言った。

「まず問いたいのは、あれが知的生命で、この船の主かってことだな」

「発達した頭部や作業肢は知的生命の特徴ね」

「だが我々を見て素通りした。あれはナタリアの同族なのか」

「人類に無関心なのは二〇〇六年以来、彼らの一貫した特徴だわ」

だが地球人が船殻に穴を開けて入り込んだ現在も、ファランクスからのレポートは「異星船の挙動に変化なし」を繰り返している。

「あれが知的生命とするなら、人類学の教科書を書き変えたほうがよさそうだな」

ラウルが皮肉めかして言った。

「我々の祖先は快適なジャングルから乾いたサバンナに進出した。その優れた性向がなければ決してこのような文明を築くことはなかったであろう――ってのがおきまりのフレーズだ。だがここが彼らのリビングだとすれば、いまも樹上生活を貫いているわけだ」

「母星にサバンナがなかったのかもしれないわ」

「それもそうか。ついでに毛むくじゃらに対する偏見もぬぐわないとな。優れた知的生命は、わざわざ毛皮を捨てて服を着るような無駄をしない。どんな装身具も身につけず、無益な性選択の隘路《あいろ》に迷い込むこともなかった、と」

「私も、好奇心は知性にともなうものと思うんですが――」

ジョセフが言った。

「我々に無関心なのは事実のようですから、受け入れるしかありません。しかし我々に関心がないのなら、その肉体も我々とかけ離れたものだと考えていました。あの生物は確かに奇妙でグロテスクですが、かけ離れてはいませんよね」

それはそうだ、と亜紀は思った。

どう見ても有機体だし、各部の特徴は地球上の生物のどれかに当てはまる。空気の成分から考えても代謝器官は地球生物に類似するだろう。しかしそこに知性が宿っているとするなら、それはおそらくナタリアに属する、異質なものだ。

「とりあえず、あれをビルダーと呼んでいいのか？」ラウルが尋ねた。

「そうしましょう。とりあえずね」

ACT・3　2041年7月31日　20時

居住トーラスの最下部は水辺だった。幅十メートルほどの砂丘状の地形が居住トーラスの円周にそって続き、窪地のそれぞれに黒ずんだ液体が溜まっていた。

ジャングルは水辺の数メートル上で途切れ、ゆるやかなアーチ状の天井を形作っている。

「大丈夫、群れで襲ってくるなんてことはないわ」

「襲われてみたいよ。一度くらいなら」

亜紀はアーチが最も低くなったところから、地面に降りた。

土壌は珪藻土に似た緻密なもので、浅い靴跡が残った。

池は差渡し数メートルから十数メートルで、深さは中央でも一メートル程度らしい。

岸辺には下半身を水に浸したビルダーが三々五々、スフィンクスのような姿勢で寝そべっていた。アザラシの営巣地のようでもあるが、悲鳴も闘争も繁殖行動もない。聴音マイクは時折咽《のど》を鳴らすような声を拾うだけだった。

「リゾートホテルのプールサイドだな。長逗留してる年寄り夫婦が一日中寝ころんでる」

「あれは夫婦かしら」

亜紀は雌雄を見分けようとしたが、寝そべったビルダーは巨大なミンクのマフラーにしか見えない。わかるのは体長の差だけだった。目に入る範囲で、最小のものは三メートルほど。ビルダーの仔だろうか。しかし子供らしい活発さはなかった。

時折、眠りから覚めたように上体を持ち上げたビルダーが、岸辺でUターンして池に潜った。上下に身をくねらせて水中を進み、対岸に這い上がる。それから胴体の末端を足にして一本の木のように立ち上がり、頭上の森に乗り移って姿を消した。

ラウルはこの場所をボトム・ビーチと命名した。

三人はビーチを回転方向《スピンワード》に踏査した。

「このアマゾン・ツアーはいつまで続けるんだい」

「一周してみましょう。せいぜい一キロよ」

「目新しいものは何もない、に帰途のローストビーフを全部賭けてもいいよ」

「それを確認するだけでも収穫だわ」

「そして人類の使者が完全にシカトされたという屈辱が残る。マイク#3、これまでにすれちがったビルダーは何頭だ？」

ラウルが自ら組み立て、バックパックに仕込んだアシスタント・システムが答えた。

「延べ百三十一頭です」

「マイク#3、ビルダーがこの頻度で存在するとしたら、居住トーラス全体で何頭になる？」

「およそ九百四十頭です」

「――てなもんだ」

四十分ほど歩いたところで、オートマッパーの描く輝線が出発点に重なり、ボトム・ビーチを一周したことを告げた。見ればすぐそばに足跡と光ケーブルがあった。

「マイク#3、これまでにすれちがったビルダーは何頭だ？」

「八百四十七頭です」

「さてどうするね。この全自動家畜工場から何がわかる」

タイムラグを考えればまったくの偶然だったが、ラウルがそう言い終えた直後、UNSDF司令部から新たなメッセージが届いた。

『コンタクト支援班より勧告。ビルダー一個体と接触し、超音波断層撮影を行なってはどうか』
三人は顔を見合わせた。いよいよ肉体的接触をする時が来たようだ。

ACT・4　2041年7月31日　21時

「ヘイ、アリス、おとなしくしててくれよ……」

ラウルの命名だった。手近な四体を左からアリス、ベティ、キャサリン、ダイアンと割り当てたにすぎない。いまだ雌雄の見分けはつかず、性の有無さえわからない。

アリスはボトム・ビーチに横たわっているビルダーのなかで、ごく平均的な体格の持ち主だった。背中の毛皮に茶色の斑があるのが特徴だった。

亜紀とジョセフが見守る中、ラウルはアリスの背中にハンドソナーを無造作に押し当てていった。アリスは時折身じろぎしたが、目を閉じたままじっとしていた。

ハンドソナーには加速度センサーが内蔵され、空間位置を把握している。ビルダーの体をなでるにつれて検出結果がパッチワークされ、やがて全身の立体透視図が完成した。

三人はヘルメット・ディスプレイに同じ画像を表示して検討にかかった。

「私たちと同じね。背中寄りに脊椎がある。これは心臓ね」

「二心房二心室だな。ハート型はしてないが」

「口腔の先にある袋が胃かしら。三つ並んでる。肺は左右に二つ。声帯はどこ？」

「気管も左右二セットだ。声帯らしきものは見当たらないな。おや、こいつは金属か？」

胸部の脊椎に五センチほどの棒状の物体があった。ソナーはそれを金属相当の物質として色分けしている。

棒の一端から、それよりずっと低密度の筋が延びて、脊椎の中に入っている。

「こちらにもありますよ」

ジョセフがポインタで下半身を示した。人間でいうなら腰と膝のあたりに、同様の物体があった。

「そして頭部にも、だ」

ビルダーの頭蓋骨はおおむね球形をしており、眼窩の部分が開口部になっていた。脳とおぼしき器官は累帯構造がみられたが、人間とちがって左右に分かれてはいない。

棒状の物体は頭頂部にあり、頭蓋骨と皮膚の間に埋め込まれていた。

「脊椎と脳髄だ。間違いない。これは神経組織と連結したデバイスだよ」

ラウルが断定した。

「こいつらはモニターされるか、コントロールされてる。たぶんその両方だ。それがだんまりを決め込んでる理由だ」

「目的は」

「輸送中だからじゃないか？　あるいは単なる家畜だからかもしれん。よけいな世話を焼かなくていいように、生存に必要なこと以外は抑制されてるんだ」

船の管理システムがすべてを掌握しているというわけか。

亜紀は釈然としなかった。

「これほどの管理システムがあるのに、異星人の侵入を許すのはなぜ？」

「そいつは依然、ビルダー最大の謎だよ。いまは棚に上げておこう」

「個体寿命はどれくらいかしら。六百五十年の航海だから世代交代しそうなものだけど、だとしたら受精卵の形で運んだほうがずっと合理的じゃない？」

「それどころか遺伝子情報だけでいい。こいつらのナノテクをもってすれば、到着後に何もかも合成できるだろう」

「そうね」

にもかかわらず、ビルダーを生かして運ぶ理由があるだろうか。知性を抑圧した状態で運んでも、ただの穀潰《ごくつぶ》しにしかならないのに。

「航海中も、彼らが必要だった」

「だから食料じゃないのか」

「だとしたら、それを食べるものはどこにいる？　それにこの環境は、とても快適にできている。家畜工場だとは思えないわ」

「ストレスを与えないほうが味がいいのかもしれないぜ」

「なんだか古代ギリシャの哲学者たちのような気がしない？　何不自由ない快適な環境で、思索にふけっている――」

視野に警告表示が割り込んできたのはその時だった。

【ノード00―01　伝送レート低下中】

「なんだ。誰かケーブルを踏んだか？」

【ノード00―01　伝送障害】

【ノード01　伝送不能】

最初の警告からここまで数秒だった。

「光ケーブルが切れた。簡易エアロックから天井までの区間だ」

「原因は？」

「わからん。四トンの負荷に耐えるケーブルなんだが」

亜紀は胸騒ぎを覚えた。

「行ってみましょう」

「急ごう」

三人はオートマッパーの軌跡をたどって森を渡り、天井の開口部に達した。

テザーをつたって屋根裏に登る。

穴の縁に設置した光ケーブルのボビン、ノード01に異常はなかった。

「この先だな」

ケーブルを辿りながら六角格子の床を進むと、小さな灰色の水たまりができていた。

切れた光ケーブルの端が近くにあった。

亜紀は天井を見た。プラズマトーチで開けた穴がない。

そこは真新しい灰色の物質に変質していた。

「傷を癒したのか……」

ラウルがかすれた声で言った。

「コンタクトチームよりファランクス、応答願います」

ジョセフが予備の無線機で呼びかけたが、まったく接続しなかった。

「一蓮托生《いちれんたくしょう》ってわけか。無線も通じない。プラズマトーチもない。外に出られるチャンスはグレーザー砲を食らった時ってか」

ラウルは自分の宇宙服の腕を顔の前に持ち上げた。

「俺自身はまだ溶けてない。外壁に触れてなきゃいいのか」

「ビーチに戻りましょう」

ジョセフが言った。

「我々が生き延びる道はビルダーと意志疎通することしかありません」

「あれに意志などあるかね」

「そう仮定するしかないでしょう」

それからジョセフは視線を素早くヘルメット・ディスプレイに合わせた。

カウントダウン・クロックを見たんだな、と亜紀は思った。

ACT・5　2041年7月31日　22時

UNSSファランクスの画像監視システムは、外部の現象を最初から捉えていた。

光ケーブルが断線してまもなく、居住トーラスの内縁に張り付いた簡易エアロックが破裂し、接着面が灰色の船殻と同化していった。中に置かれていた道具類も船殻の内部に沈むようにして消えた。三人が通った穴は、すでにふさがっていた。

イゴールは通信途絶を知ると、非常無線によるコンタクトチームの自動呼び出しをスタートさせた。コンタクトチームからの通信途絶もエラーメッセージとして自動通知される。

イゴールは全艦隊にメッセージを通達した。

「簡易エアロックが異星船と同化した。耐ナノ・コーティングが効かなかったらしい。コンタクトチームの救出手段を検討されたい」

どうすればいい。自分たちに何ができる。

最も近い第一艦隊でさえ、往復五分の通信遅延がある。地理的には身近になった内惑星空間だが、必要な物資を届けられる船はいない。秒速九十キロという速度がすべてを隔絶している。

「エイダ、あの居住トーラスの壁を破る手段を検討してくれ。予備のプラズマトーチは本船にないか」

「予備とも道具箱に入れたのを確認しています。念のため調べてみますが」

イゴールは自分を呪った。あの装備は自分もチェックしたのだ。簡易エアロックは異星船におけるベースキャンプであり、そこに必要な予備物資も集積する。あの時点ではそれが正しいと思えた。

「ほかに高熱を発するものはないかな。すぐ思いつくのはエンジンのプラズマだが」

「そんなものを浴びせたら放射線で全滅するでしょう。宇宙服を着ていても」

エイダが言った。

「やるとしても相手が回転している限り不可能です」

通信用レーザーも使えそうになかった。これは熱ではなく情報を運ぶために設計されたものだ。外壁を溶かすまで収束したとしても、回転する居住トーラスが相手では追尾が追いつかない。

せめてプラスチック爆薬があれば、とイゴールは思った。

異星人は魔法のようなテクノロジーでこちらの武器をすべて透視するだろう、と委員会の誰かが主張したのを覚えている。だからコンタクトチームは、武器はナイフの類すら携帯すべきでない、と。

莫大な経費を必要とするコンタクト・ミッションには批判の声が強く、有害論すらあった。あの時は、せめて無害であることをアピールするしかなかったのだ。

何よりも悔やまれるのは、ラウルがこちら側にいないことだった。彼がいれば、ナタリアとかいうプログラムを通してビルダーに指示を出せたかもしれない。それとも、彼でさえAIとビルダーの対話には介入できないのだろうか。

いずれにせよ、自分にはどうすることもできなかった。ナタリアはラウルの私的な研究で、アクセス可能なすべての場所を探しても、論文やドキュメントは見つからなかった。

イゴールは時計を見た。

「時間だ。行こう」

「いいんですか？　私のことなら――」

「行くしかない。だが異星船がグレーザー砲を生き延びたら、どうにかして舞い戻ろう、エイダ。一年かそこら余分に食いつなげば、金星重力アシストで地球に戻れるかもしれん」

「そうですね」

イゴールは離脱シーケンスをスタートさせた。

NERVAⅢエンジンがゆるやかに立ち上がり、UNSSファランクスは異星船の航路から舞い上がった。

ACT・6　2041年8月1日　0時

ファランクスは行ってしまった。この密室から船外の様子は知れないが、もちろんそうにちがいない。

悲嘆をあらわにする者はいなかった。むしろさばさばした顔をしている。

グレーザー砲の発射まであと一時間。それまでにできることをするしかない。手や顔や胸にスキンシップをほどこしたり、さまざまな音響や光を向けてもみたが、これという反応はなかった。アリスは警戒も退避もしなかった。アリスはうるさそうに体を揺すり、池で水浴びをはじめてしまった。

亜紀はため息をつき、ラウルを振り返った。

「何かつかめた?」

「いや……」

ラウルは夢遊病者のように両手を宙に差し出し、架空のキーボードを操作していた。そのほうが音声入力より速いらしい。

「ホワイトノイズ以外の何物でもない、とマイクは言ってる。これを解くのは夢の量子コンピュータでもなきゃ無理らしい」

スペクトラム・アナライザーを使ってビルダーの体から六ギガヘルツの準ミリ波が放射されていることは突き止めた。

相手側の所在もわかった。頭上の森の幹すべてに、アンテナ素子が菌糸のように埋め込まれていた。アンテナは送受信のいずれにも使える。電波はこの空間を空気のように満たしていた。リングや水星でも同様の電波が観測されていたが、過去三十五年、そこから情報を取り出すことには成功していない。

　ジョセフが言った。

「彼らが主人だとすれば、これが彼らの築いたユートピアかもしれませんね」

「私にはディストピアとしか思えないわ」

「創造や知的探求だけが幸福じゃないでしょう」

「それはね。でも牧歌的に暮らすなら、せめて音楽くらいたしなめばいいのに」

「音楽は、たとえばモーツァルトとサリエリの関係を生成しますよ」

　ジョセフはシニカルに言った。

「文明の頂点をすぎたある時、彼らは悟ったのかもしれません。生存し、繁殖することこそ真の幸福だと。そして二度と脱出できない陥穽《かんせい》に落ちてしまった」

「そして新たなエデンの園を造るために太陽系を訪れたと？」

「繁殖の欲求に応じて、自動機械がすべてを用意するんです。恒星間植民さえも」

「銀河を持続不可能にするシステムね」

「絶つしかないんでしょうか。人類の力で」

「そうは思いたくないわ」

「しかし有害です。いかに高度な文明でも、他者に関心を示さず、結果として蹂躙するようなものは有害でしょう」

「そうは思いたく――」

「あなたはバランスを失していませんか」

ジョセフは言った。

「あなたはずっと、異星人を善なるものと見なしてきた。異星人との出会いは無条件に素晴らしいものだと。しかし人類が最初に出会った異星人がビルダーだったのは偶然でしょうか」

「偶然？」

「この銀河の片隅だけでも、二つの知的種族がいることがわかった。銀河全体では何万になるかもしれない。なのに、最初に出会った種族は結果的に八億の人命を奪った。善なる異星人とは、そもそも他の種族の前に公然と現れたりしないのではありませんか」

亜紀は驚いてジョセフを見た。

「あなたはずっとそう考えていたの？　それでコンタクトチームへの参加を志願した？」

「いいえ。私は友好派でも懐疑派でもありません。しかし懐疑的ではあります。そして答を見つけたかった」

「そう……」

亜紀は恥じ入った。

自分は先入観にとらわれていたのかもしれない。

あるいは、自分だけが得た直観を特別視していたのだろうか。最初に〈島〉に手を触れた者として。その防御機構の裏をかいた者として。

　ラウルがこちらにやってきた。

「解読はお手上げだよ、亜紀」

　両手で降参のポーズをとってみせる。

「とてもデコードできそうにない。だけど家畜説は撤回しよう。情報量が多すぎるんだ」

「情報量？」

「情報は解読できないが情報量の見当はついた。アリスが持っているデータ回線はおっそろしく広帯域だ。こいつらが家畜で、その行動を無線で抑制しているのだとしたら、情報量が多すぎる。だいたい家畜をおとなしくさせるなら、注射一本ですむもんだろ？」

「じゃあ――」

「こいつらはこの船の主人だよ。少なくとも知性を持つことは間違いない。問題はこの情報がどこに届いているかだ」

「どこかに中枢がある？　その中枢がナタリアと対話していた存在なの？」

　ラウルはすぐには答えなかった。

「これは俺の勘なんだが、どうも中枢ってやつは気にくわない。俺たちの脳に意識の中枢なんてものはない。通信ネットワークにも中枢はない。ナタリアのアーキテクチャもそうだ。こういう複雑なシステムは部分が全体を支える。情報が広く全体に染み込む感じなんだ」

ビルダーの個体が、それぞれに部分を支えている。全体はビルダーだけで成立している。体内に埋め込まれた通信装置は、個体間で情報をやりとりするために存在するのだろうか。

「そうやって結合されると、恒星間飛行をしたあげく原住生物にはなんの関心も払わない存在になるわけ？　それでどんなメリットがあるの？　エゴイズムのない理想社会？」

「わからんな。これは技術文明の発展の先に構築された、社会の失敗例なのかもしれん」

時間が尽きようとしていた。

亜紀はビルダーの群れに歩み寄ると、スピーカーをオンにして、いまいちど語りかけた。

「おいで、アリス。それにベティ、キャサリン、ダイアン。森のほうが安全よ」

微笑みをつくり、手を差し延べてみる。

「ねえ？」

四頭は動かなかった。

「さっきは叩いたりしてごめんね。たぶん、これでお別れね」

亜紀はアリスに歩み寄り、顔のまわりの毛並みを撫でつけた。

小さく手を振り、踵《きびす》を返す。

ラウルとジョセフはじっと待っていた。

男たちは何も言わなかった。

森のはずれに来ると、三人はテザーを使って適当な幹に自分を縛った。体型に合わせてオーダーメイドしたハードシェル・スーツだから、かなりの衝撃でも受け止めてくれるだろう。瞬間的になら、三百Gくらいか。

もちろん、グレーザー砲の直撃を浴びれば痛みを感じる暇もない。この船が急激な回避運動をしたときに備えているだけだ。

「巻き込んじゃったわね」亜紀は言った。「ううん、二人とも自分の意志でここまで来たことはわかってるけど」

「いい人生だったよ。エイダやイゴールだって、俺をずっと羨んでるさ。悪くない気分だ」

ラウルはそう言って笑った。

「私も思い残すことはありません」

ジョセフが言った。

「出発前、副長に妻への遺書を預けてきましたし」

「用意周到だな」

「慣れてましてね。兵隊ですから」

「俺のほうはマイク#3に後をまかせた。壁が破れたら、集めたデータをありったけバースト送信しろってな」

「やるわね」

「ただじゃ死なんさ。グレーザーを持ちこたえたらの話だが」

「そろそろですね」

「またどこかで会いましょう」

三人は話をやめ、瞑目した。

ACT・7　2041年8月1日　1時

UNSSファランクスは異星船と正反対に加速を続け、かろうじて安全圏に到達した。

イゴールは軌道図を見た。異星船の左舷前方に、グレーザー砲を積んだUNSSトムソンがいる。二隻の未来位置はXプラス3時間の位置でほとんど重なっていた。

射程は充分にあるのだから、もっと遠方から狙ってもよさそうなものだが。

艦隊司令部は最後の切り札についての情報を、必要最小限しか与えようとしなかった。

発砲まで一分を切った。

電磁パルスに備えて、あらゆるデータをバックアップする。

気を紛らわせようとして、イゴールはスクリーンに表示された艦載システムのデータを次々に読んだ。

カウントダウン・クロックがゼロを示した。

ビーム到達は、〇・五秒後。四秒後にはこちらにも情報が届くはずだ。

イゴールは身を固くしてスクリーンを見守った。

一分が経過した。

何も起きない。

五分が経過したとき、グレーザー砲支援艦UNSSベックレルから連絡が入った。

『グレーザー砲作動せず。原因は不明。これよりフェイズ2に入る』

エイダが問いかけてきた。

「どういうこと」

「わからん。恐れていたことが起きたんだろう。異星船がなんらかの方法で自分の出自を伝えたか、あるいはグレーザー砲の側で仲間と判断したか」

「フェイズ2って何？」

「極秘プログラムだろう。艦長代理の俺にも通知されてない――いや、動いたぞ」

ベックレルから送られてくる望遠カメラ映像の中で、UNSSトムソンの艦尾に光がともった。

艦首にグレーザー砲の巨大な円筒を抱えた艦が、エンジンを全開にしている。

いまあの艦は無人だ。クルーはすべてベックレルに移乗している。

「トムソンを体当たりさせる気かしら」

「あれは船足が遅い。簡単にかわされるだろう」

イゴールは軌道図を見た。

未来位置が更新されていた。二隻は五十四分後にぴったり重なる。

しかし衝突しなければそれまでだし、ビーム砲の的になるだけだ。

あの機動に意味があるとしたら、それしかない。

イゴールは秘匿されていたものの正体に気がついた。

「司令部はグレーザー砲の第二の使い道を考えていたんだ。それも地球を発つ前から」

「砲が作動しない場合の？」

「あの砲身は強力なグレーザーを放っても持ちこたえる。異星船のビーム砲では破壊できまい」

「そうか。あれは既知宇宙で最強の盾になる——」

「だが盾だけで戦おうとする者はいまい？」

破壊できないことを知っていたのだろうか。進路上に立ちはだかるグレーザー砲艦に、異星船はビームを浴びせようとしなかった。

異星船はわずかに針路をそらした。二隻は三百キロの距離をおいてすれちがうとみられた。

最接近直前、グレーザー砲の背後から新たな光点が離れた。光点は急速に加速しながら、五つに分離した。イゴールの予想どおり、UNSSトムソンは核ミサイルを装備していたのだ。

異星船はただちにビーム砲を形成しはじめた。

ビーム砲が発射態勢に入ったとき、四つの弾頭はすでに百度を超す拡がりをもって急迫していた。

最初の弾頭が蒸発した。三基は百八十キロの位置にあった。

七秒後、二基が百キロ地点を生き延びた。

八秒後、また一基が蒸発した。

ただひとつ残った青白い光点が、ついに異星船の円環体と重なった。

画面がフラッシュする。それまでの二秒間の映像を、俺はこれから一生背負っていくだろう、とイゴールは思った。不覚にも、三人の仲間の顔がそこに重なったせいだった。

ACT・8　2041年8月1日　2時

どうやらグレーザー砲は不発に終わったらしい——そう思いはじめていた時。

閃光と衝撃が同時に襲いかかった。

空気が瞬時に白濁し、固体のような烈風が右から叩きつけた。

何かが右腕を強打した。スーツは持ちこたえた。

テザーがゆるみ、体が風に押し倒された。

その刹那、二十メートルほど先に宇宙の闇が開いているのが見えた。切り裂かれた船殻の断面を、地球軌道の十倍になる日照が焦がしていた。

亜紀はそこで始まったことに目を見張った。

どこからか無数の繊維が飛来して、綿菓子のように傷口を塞いでゆく。簡易エアロックから穴を開けたときは、すぐには何も起きなかったが、減圧に晒《さら》されるところも迅速に自己修復するのか。

暴風は三分ほどで収まった。

空気が透明度を取り戻し、気圧も急速に回復しはじめた。

「ジョセフ、ラウル……無事？」

「ああ。君の五メートル下にいる。テザーが切れちまった」

「大丈夫です。核は命中しなかったんでしょうか。被曝線量がほとんど変化してません」

三人は幹の途中に集まり、互いの宇宙服を点検した。

大きな故障はない。

「ビーチへ行きましょう。あの子たちを手当しないと」


砂丘のような地形はあちこちが崩壊し、水はほとんど干上がっていた。

ビルダーたちはバウムクーヘンのように身を丸めて転がっていた。それがとっさにとる防御姿勢なのだろう。

体を長く伸ばしたものもいる。それは腹部から黒ずんだ体液を流して息絶えていた。

丸まっていたビルダーたちが身をほどきはじめた。

亜紀は見覚えのある毛並みを認めて、そちらに駆け寄った。

茶色の斑をもつマフラーが、ゆっくりと身をのばし、上体を持ち上げた。

「アリス、無事だったのね！」

「ああ、無事だよ、白石亜紀」

「え？」

亜紀は耳と聴音マイクを疑った。

「いま、なんて――」

「無事だよ、白石亜紀、と言った」

よく響く、アルトの声だった。

アリスは上体をさらに起こし、頭部を亜紀の目の高さまで持ち上げた。黒い大きな目が、上下に動いた。

ラウルとジョセフが、ゆっくりと歩み寄る。

「いまのは、こいつがしゃべったのか」

「そう、思うけど」

他のビルダーたちも身を起こし、視線をこちらに向けている。どの目にも好奇の光が宿っていた。亜紀はまたアリスに問いかけた。

「なぜ私の名前を知ってるの？」

「思い出したのだ」

「それは答になっていないわ。なぜ以前から知っていたの」

「以前、君は私に『ハロー、ナタリア。私は白石亜紀。ご機嫌いかが？』と言った」

亜紀とラウルは顔を見合わせた。

「こんな馬鹿な話があるか！」

怒ったような顔でラウルは言った。

「ナタリアには最初からの記憶が残っていた。そしてナタリアとこいつらはレーザーでつながってる。こいつらにとってナタリアは自分の一部なんだ」

「でもナタリアは人間とコミュニケーションできないのに、なぜアリスは話せるの？　それも英語で」

「本人に聞いてくれ」

ラウルは肩をすくめる。

亜紀はアリスに向き直った。

「教えて。なぜいままで私たちを無視していたの。なぜいまは私たちと話すの。なぜ私たちと話せるの。太陽系に来た目的は何。故郷に何が起きたの。私たちのことをどう思っているの」

堰《せき》を切ったように、亜紀は質問を浴びせた。

アリスは混乱する様子もなく、答えはじめた。

「君たちの声はずっと聴いていた。いろいろな方法で、何度も語りかけてきた。意味することはすぐにわかったし、映像や音響も理解していた」

「それは、コンピュータを使ってか？」

ラウルが尋ねる。

「私の中で行なった。たやすいことだ。なぜ無視していたかといえば、君たちのことは私の意識の周辺にあって、気づかなかったからだ」

「気づかなかった？　呼びかけをわかっていながら？」

「知ることと気づくことは違う。さきほど至近距離で核爆発があった。船が広範囲に損傷を受けたので、私は分断された。私は分断されると主観を共有できなくなるので、個別の感覚器官を通して他者を意識するようになる」

「分断てのは、つまり個体間の通信ネットワークが切断されたってことか」

「そうだ。完全にではないが、帯域がきわめて狭くなっている」

「ネットワークしているうちは、目の前に他者がいても、気づかずにいられるものなの？」

「そうだ。普段の私は適応的な存在を意識しない」

「適応的とは」

「たとえば君たちの知性は進化の過程から適応的に生まれたものだ。その段階において他者は重要な存在だが、私にとってはそうでない。適応的に生まれた知性はすべて自然界に属する」

「宇宙船もミサイルも自然の産物なのか」ラウルが尋ねた。

「そうだ。君たちが自然界に属する以上、君たちが意識的に関与したものは自然と連続性を失わない」

「ナタリアは適応的でない知性じゃないのか。あれも俺が作ったものだぞ」

「ナタリアは不完全ながら非適応的知性だ。それゆえ、作った君自身さえ理解できなかった。ナタリアは君の思考によってではなく、偶発的に生まれたのだ」

ラウルは顔を紅潮させた。

亜紀は長いこと、人と自然との最大の境界は知性の有無にあると信じていた。高いレベルにある知性は、知性の中に境界をおくのだろうか。

「あなたは他の個体と意識を共有しているのね？　そうすることで非適応的知性になれるの？」

「雑な理解でよければその通りだ。主観を共有することで他者の概念は消失する。他者を意識しないでいては自然界に適応できないが、自然を克服すれば存在し続けられる」

「発生時点ではあなたも適応的な知性だったんでしょう？　あの通信装置を埋め込むことだって、自然の延長ではないの？」

「ラウルがナタリアを作ったように、我々も偶発的にこの形態を生み出した。低次の知性が高次の知性を生むには、偶発性に頼るほかない」

「なんでも試してみろってことか」とラウル。

「そういうことだ」

「あなたたちはどんな社会を構成しているの？」

「私は社会を持たない。私がいるだけだ」

「あなたが太陽系に来た理由は何？」

「私を拡張するためだ」

「そのために何をする？　具体的には」

そして恐るべき計画を、アリスは事もなげに説明したのだった。

リングを足場にして太陽をとりまく球殻状の居住空間を造り、その上で個体を増殖する。数百兆もの個体が球殻上の牧場に暮らし、相互にネットワークして巨大な思考空間を構成する。

球殻を造るために各惑星を資源に転換する。

彼らの母星系にはすでにその球殻が完成し、これ以上拡大の余地はない。

彼らは銀河を食い荒らすガン細胞なのだろうか。

「あなたの母星は黄色矮星と赤色矮星の連星系だと――」

「黄色矮星には祖先が発生した惑星がある。祖先はその社会を逃れて伴星系を開拓した。球殻の廃熱はかなり高温だ。君たちの観測技術では赤色矮星と見分けがつかないだろう」

「そうやって次々に星系を使い潰していくの？　もしそれが正しい選択なら、銀河はいまごろ球殻だらけになっているんじゃないかしら」

「それは興味深い問題だ。私は線形に拡大することのない星間繁殖モデルを考察している。

その非線形性は、恒星のエネルギーを思考空間へと最大限に転換することで生まれる。そしてより高次の知性への飛躍がどこかで発生すると仮定する。それはいまの私には予測できない。私は試行錯誤の道程にある。答を得るまでは、私を拡張し続けるしかない」

　亜紀は言葉を失い、ラウルが後を継いだ。

「アリス、君らは自分自身を作り変えて自分を拡張してきたんだな？」

「そうだ」

「その成り立ちを教えてくれないか。過去に遡って」

「我々は脳を模倣して、より深い思索をする自分を作ろうとした。だがその試みは成功しなかった。拡張できるのは脳のある部分だけで、それを正常に思索させるためには脳の他の部分と肉体が必要だった。ナタリアも同じ問題に直面しているが、まったく機能していないわけではない」

「脳の他の部分と肉体はなぜ必要なんだ」

「脳は身体を迅速に環境適応させるための制御装置として発生した。感情の主体は身体にある。身体なしで感情は構築できない」

「なぜ感情を構築しようとする」

「思考とは意識されない無数の感情の上に成立するからだ」

　ラウルは顔をこわばらせたが、身振りで先を促した。

アリスはそのしぐさも理解したようだった。

「私たちは次に、拡張した脳を結んでひとつの私になる技術を完成させた。そうやって私を大きくすれば、より深い思索ができるようになった」

「どんな思索をするんだ。たとえば、さっきまでは」

「代数世界に降った保型ゼータと素数の色について考えていた」

高度な数論の問題だった。

「そのことにどんな感情を持ったんだ」

「理性を支える感情は、意識にのぼらない。だが気分としてはとても快いものだ」

「待った。君たちへのメッセージにこんな数論の言葉は含まれてなかったはずだ」

「ナタリアが憶えていた」

ラウルは舌打ちした。

「そうだったな」

ビルダーと出会ったとき、亜紀が夢見ていたのは、彼らの文化や芸術を語りあうことだった。歌や詩や絵はあるのか。物語を紡ぐのか。喜劇や悲劇を楽しむのか。

それから、彼らの系統発生のありさまを知りたかった。初期の技術文明の様子、環境破壊や戦争の危機をどう乗り越えたか。宗教の発生、老化の克服、探検の歴史を聞き出したかった。

　だがいまは、さまざまな思いがあふれて言葉にならなかった。

　明白な事実に気づくのは、いつも最後の時だ。心を持つ者どうしの出会いとは、百科事典を交換することではない。契約を交わすことでもない。

　亜紀はようやく必要な数語を見つけだした。

「いっしょに暮らせないの？」

「君たちの暮らしを脅かすことはしない。こうして君たちの存在を意識した以上、ここにとどまることはしない」

　亜紀は首を横に振った。嗚咽をこらえながら、どうにか喉を開いて繰り返す。

「いっしょに暮らせないかと聞いてるの」

「やめておこう。私がナタリアの来歴に関心をもつ間は君たちを意識するが、長くは続かないだろう。私の願いは私を大きくすることだ。そうなればまた君たちを無視するようになるだろう。そして再び太陽を奪うだろう。その光のすべてを」

　ラウルが自分の体を支えているのを感じる。二体のハードシェル・スーツを越えて伝わる、かすかな、しかし容易に彼のものだとわかるしぐさが、ぬくもりとなって体を包む。

「君にひとつ尋ねたいことがある」

　アリスが言った。

「私との共存を求める君が、かつてナタリアに怒りをぶつけたことがあった。パワーを切ると言って脅した」

「何かと思ったら。よく憶えているわね」

亜紀は頬を濡らしたまま、小さく笑った。

「あの行動が私には理解できない。なぜナタリアは君の怒りを買ったのか」

「あれは、ナタリアにあなたを重ねていたから。ちょうどいまがそうね」

「その怒りとは、リングによってもたらされた人類への被害によるものか」

「そうね。本当は、身近な人を亡くしたからなんだけど」

そこでアリスは、驚くべき推論能力をみせた。

「マーク・リドゥリーのことか」

「よくわかるのね」

「およそ理解できたようだ」

「そう。よかった……」

体が鉛のように重く感じられてきた。ラウルに支えられながら、亜紀はその場に膝をついた。

ジョセフが我に返ったように、グレーザー砲の不発について尋ねた。

識別信号を送っている、君たちに観測できるような媒体ではないが、とアリスは答えていた。

亜紀が意識を取り戻したときも、ラウルはそばにいた。

体はボトム・ビーチの端に、少し上体をもちあげた姿勢で横たえられていた。

「起きたかい。ちょうどよかった。すごい見ものが始まるぞ」

向かい側の壁面が透明化していた。

亜紀は起きあがって、窓に近寄った。

四十三秒周期で回転する宇宙のなかで、金色に輝く光の粒子の柱が、もう目の前に迫っていた。

その先に、半月状に照らし出された球体がある。水星。そしてマスドライバーの噴泉。

「この窓は——」

「君たちのために用意した」

池に身を横たえたアリスが言った。

「見えること、見ること、見つめることが、君たちには大きな意義を持つようだから」

光の柱は巨大なすりこぎのように視野を回転していた。それは時間とともに接近し、ついに視野のすべてが黄金のシャワーに包まれた。

「私の船は少々資源が不足しているのだ。まず補給させてもらおう」

マスドライバーの射出した物質が船殻に降り積もってゆく。新造の窓もしだいに透明度を失い、やがてもとの壁に戻った。

それから、別の壁面の一部が半球形に膨張しはじめ、その中央が火口のようにぱっくりと口を開けた。

内部は球形の空洞で、ツインルームほどの広さがあった。

「それはエアロックだ。そこを通って帰りたまえ」

「待って、まだ行きたくないわ。もっといろいろ話したいことがあるの」

「ランデヴーのチャンスは一度しかない」

「だけど」

「無理強いすることもできる」

従うほかなかった。

三人は球体の内部に入った。

入り口が収縮して閉じると同時に減圧が始まった。

つかのま、不思議な加速感があり、〇・三Gの重力が消失した。

再び出口が開いた。

亜紀は目を見張った。それまでの上下感覚に従うなら、自分たちは尖塔の頂上にいるらしい。

たったいままで自分たちが閉じ込められていた居住トーラスは、百メートルも下方に移動していた。自分たちは中央船体の末端に運ばれたのだ。

星々は左から右へと走馬燈のようにめぐっている。

まず三日月状の水星が現れた。

それから、まったく不意に、UNSSファランクスの艦首が出現した。

円筒を束ねた居住モジュール。ジンバルに乗った観測機器の群れ。マストの端の高利得アンテナ。はるか後方まで延びたトラスフレーム。カセグレン鏡筒を備えた通信レーザーのひとつは、いまもこちら側をポイントしている。二隻を結ぶ、目に見えない光の架け橋だった。

居住モジュールのエアロックから光が漏れ、宇宙服を着た人影が手招きしている。

エイダとイゴールの声がヘルメットに響いた。二人とも興奮の極致にあるようだった。

亜紀はジョセフとラウルを見た。二人がうなずき返す。

ジェットを噴射して、三人は巨船に挟まれた空間に泳ぎ出した。エイダの差し延べた手につかまって、エアロックに入った。イゴールに手伝われてスーツを脱ぐなり、抱擁を交わす。

共有区画に入った亜紀は「やっぱりお家《うち》がいちばん」と言った。そこにたちこめる、おなじみの臭気を嗅いで、心からそう思ったのだった。

異星船はすぐに離れてゆき、それから内惑星帯の大掃除が始まった。

水星の活動はいっさいが停止した。リングは無数の正六角形に分離し、つむじ風に巻き上げられた落ち葉のように集結して、異星船と合流した。

黄道面を離れた異星船は巨大な光帆を掲げ、刻々と速度を獲得していった。

彼らの次の目的地がどこなのか、まだ候補は絞られていなかったが、インディアン座ε星が最有力だった。この速度なら目的地で光帆を使って停止できるだろう。

しかし、到着は一万年後になる。

それまでにいくたびの世代交代を繰り返すのか。

死を迎えたとき、意識を次の世代に持ち越せるのか。

地球人にどんな感情を持ったのか。

どれだけ問いかけても、答えは返ってこなかった。

ナタリアとの交信は、距離が二天文単位にさしかかったあたりで打ち切られた。タイムラグに飽き飽きしたのだろうか。ファランクスの艦載アシスタント・システムは、かつての数十倍に膨張したナタリアの思索活動にすっかり占領されていた。通信途絶後もそれは続いており、あいかわらず人間との対話に応じる気配がない。

艦隊司令部は、航行中の生活に多少の不便があってもナタリアの活動を邪魔しないように念を押してきた。

ラウルはもちろん、亜紀にとっても否はない。それは太陽系に残されたビルダーのただひとつの分身であり、同時に十七年前からの知己なのだから。

亜紀は舷窓に顔を寄せて、太陽風にゆらめきながら遠ざかってゆく光帆を見つめた。

統合され、他者への関心を失った知性にどんな未来があるのだろう。

人類はその知性をもって、仮借《かしやく》のない自然選択から逃れようとしてきた。その先にあるものを、彼らは示したのだろうか。

人類は異なる道を進むだろうか。知の拡大という、果てしない欲求に折り合いをつけて。

地球に帰れるのだという思いが、いま初めて、強くこみ上げてきたことに亜紀は戸惑った。

意識の周辺でなにかが先に答を見つけたようだった。それはまもなく言葉になり、ひとつの意志となって浮上した。

まだやることがある。

語り継いでいかなければ。

この出会いで得たものを、データではなく、自分の言葉で。

エピローグ

頰に陽射しを受けたような気がして、彼は目覚めた。

最初に見えたのは、黄緑色の羊水のようなものを通してくる、柔らかな光だった。

まるで夢の中にいるような、奇妙な遍在感がある。さまざまな光景が同時に見えた。

意識をわずかに傾けると、さえぎるもののない宇宙空間に浮遊していた。

空の一点に強い光源がある。陽射しだと思えたのはその光だった。光は赤味をおびていて、中天にありながら夕陽を思わせた。

インディアン座ε星に来たのだとわかった。公転半径五千四百万キロの惑星軌道に投入されているのもわかる。

ただ、なぜ自分がそれを知っているのか、わからなかった。

なぜ自分はここにいるのか。

あの時、リングの上で繊維に包まれて解体されたのではなかったのか。

彼が自問すると、答は自分の中から返ってきた。

リング物質は解体した自分の体を、情報として保持していた。それを回収して再生したのだという。

何かのスイッチに指をかけ、怒りに燃えた目でこちらをにらむ白石亜紀の顔が意識された。

気密ヘルメットの中で涙を流す、ずっと歳をとった亜紀がいた。

自分が再生されたのは、亜紀へのつぐないだという。

彼女は誰よりも知りたがっていた。つぐなうなら、なぜ連れてきてやらなかったのか。

これでいいのだ、と自分の中の誰かは答えた。

彼女にはマーク・リドゥリーの死が、より大きな意味を持っていた。

彼女自身がそう語ったのだと。

あとがき

本書はSFマガジンに掲載された「太陽の簒奪者」「蒼白の黒体輻射」「喪われた思索」をもとに、長篇小説として大幅にリライトしたものである。

本書では地球外文明との最初の出会い、いわゆるファーストコンタクトを、可能な限り緻密に、逃げずに描こうとした。これはSFの古典的テーマであり、すでに語り尽くされた感もある。先達のありとあらゆる思考実験のあとに、もはや新しい展開は残されていないかもしれない。

しかし、たとえそうであっても、現代の知見をもとにしたファーストコンタクト・テーマを書き続けてゆく価値はあると筆者は考えている。それは地球外文明を鏡とした、現代のスケッチになりうるからである。

なお、本書では宇宙航行のリアリティにも気を配ったが、その描写にはいくらか嘘があることを白状しておきたい。たとえ原子力を動力源にしていても、速度差が大きすぎて実現困難な場面がいくつか存在する。

本書の執筆にあたっては、多くの方から助力と励ましをいただいた。筆の至らぬゆえ、せっかくの力添えを台無しにしたかもしれないが、ここに謝辞を述べたい。

柴野拓美氏、堀晃氏からは作品全体にわたる懇切丁寧なアドバイスをいただいた。専門知識を要する部分では、林譲治氏、喜多哲士氏、江藤巌氏、菊池誠氏、堺三保氏、小林泰三氏、菅浩江氏、福江純氏、松浦晋也氏、金子隆一氏、黒木玄氏、野田篤司氏、広田正夫氏、白石篤史氏、荒木智宏氏、香河英史氏に相談に乗っていただいた。

大迫公成氏率いるコ《C》ンタクト・ジ《J》ャパンの活動から受けた影響は計り知れない。CJの活動内容についてはウェブサイト（http://www.ne.jp/asahi/contact/japan/）を参照されたい。

そして本書のSFマガジン掲載版が星雲賞国内短編部門を受賞したとき、あの手この手で祝ってくれた宇宙作家クラブの諸氏、翻訳家の山岸真氏、小浜徹也・三村美衣夫妻、大森望・さいとうよしこ夫妻、声優の仙台エリ嬢にもお礼を申し上げたい。

表紙イラストレイターの撫荒武吉氏、雑誌掲載時の挿絵を描いてくださった宮武一貴氏はともに筆者の想像を上回る視覚イメージを創出してくださった。そして早川書房の塩澤快浩氏には編集業務の範疇を越えて、重要なアイデアを提供していただいた。氏の働きによって本書は小説の体裁を得たといえる。

文庫版あとがき

二〇〇二年のJコレクション版刊行から三年が経過した。文庫版の刊行にあたっておそるおそる再読してみたが、幸か不幸か、とりたてて古びたところは見つけられなかった。異星人設定の基礎材料である意識の来歴や《心の理論》に関する研究は今も旬であり、文芸作品への応用も進んでいる。かつてのフロイト派精神分析学のように、脳科学・認知科学・進化心理学の成果は今後、広範囲の文化に浸透していくだろう。

三年で古くなったのはNASAのハッブル宇宙望遠鏡である。古いというよりメンテナンスできなくなったために風前の灯火となっている。作中に登場する二〇〇七年まで運用が続くかどうかは微妙で、後継機の計画もまだ不確実なので、本書では無難に「宇宙望遠鏡」と表記しておいた。

いっそ異星人の侵略でもあれば宇宙開発も進展するだろうに、と思うのは著者だけではあるまい。もちろん、必要にかられてではなく、意志によって宇宙に進出することが望ましい。それによって初めて人類は自らを客観視できるようになる。本書のような空想小説も用済みとなるだろう。

野尻抱介

二〇〇五年二月

ハードSFの正念場

明治学院大学社会学部助教授
稲葉振一郎

個人的なことを言えば、私が熱心なSFファンであったのは中学高校生の頃であり、かつまたその頃よりハードSFのよい読者では決してなかった。もちろん自分の人格形成期においてSFから受けた影響、恩は今から思い返しても絶大なものであったと思うが、それは少なくとも自分をハードサイエンスの道へと誘ってくれるようなものではなかった。ハル・クレメントにせよロバート・フォワードにせよ、あるいはグレゴリイ・ベンフォードやジェイムズ・ホーガンにせよ、自分にとってはさして魅力ある書き手ではなかった（ただしラリイ・ニーヴンやジョン・ヴァーリイの奇想は好きだった）。長じて「人文系」の研究者・ものかきとなり、逆説的にもそのような仕事の中で、自分にとってはやや縁遠い存在だったハード・サイエンスというものの（技術的実用性以外での）意味とか有り難みに気付くことにはなるのだが、それもまたリチャード・ドーキンスやジョン・バロウなどのポピュラー・サイエンスの仕事からの、あるいは認知科学・進化生物学と心の哲学・倫理学の相互乗り入れといった方面からのインパクトによるものであり、決してＳＦ、とりわけハードＳＦから得たものではなかった。

　そんな私が野尻抱介氏の本書『太陽の簒奪者』の単行本を手に取ることになったきっかけはやはり、インターネット上での交流の中で、薄いとはいえ何となく見知った間柄になったからであり、またＢＢＳで開陳される、宇宙航行やＳＥＴＩに関するその知見に感服——とは言わないまでも（僭越な言い方となるが）一目置いていたからでもある。

　さて一読した感想であるが、大いに楽しませていただいた。もしもこのような作品が私の中高生時代に書かれていたならば、あるいはひょっとしてそれは若き日の私をもうちょっとだけ理系より、ハード・サイエンスびいきに変えてくれていたかもしれない。

　またこれを読むことによって私自身のハードＳＦ観、ひいてはＳＦ全体に対する見方も多少変化した。依然としてハードＳＦ自体は私自身にとっての好みではないが、それでもやはりＳＦの王道、本道、あるいは「ハードコア」はハードＳＦなのであろう、ということは認めざるを得ない、という風に。

　愚考するに、もともと日本のＳＦの第一世代は、私にとってのＳＦの模範である小松左京がはっきりそうであったように、戦後文学の鬼子とでも言うべき存在であり、主流文学に対するルサンチマンがきわめて強かったように思われる。しかしいまや（純文学、エンターテインメントにかかわらず）主流文学が、かつてはSFにおいてしか許されなかった道具立てを自由に駆使できる時代になったので、かつての文学的SFにおけるような「正攻法で文学にしようとすれば大変な量になる材料も、それを裏返した形でまとめれば、ごく短いものにまとめられる」（小松左京『地には平和を』「あとがき」）というやり方が、正攻法の前に完全に失効したわけだ。ある意味、ジャンル全体で現代文学の前線を広げるための露払いをさせられて割を食ったわけで、気の毒と言えば気の毒なことだ。

しかしハードSFという、小説あるいは文学としては「奇形」に近い代物は、おそらく主流文学によって追い越されたり取り込まれたりすることはないだろう。それは「SF」にしか扱えないテーマを扱う「SF」でありつづけるだろう。SFの王道たるハードSFのそのまた王道である、異種知性体とのファーストコンタクトを直球勝負で描いた本書を読み、そういう感慨を強くした。

しかしなぜハードSFこそがSFの本道、王道だと言えるのか？　主流文学によって決して取り込まれることがないであろう、その核心とは何か？　まずはSFとは、日常的な現実世界に生きる我々の常識を超えた、異常なものごと、異質な世界を描くことを主題とするフィクションの一種だ、としてみよう。もちろんそのようなフィクションのジャンルとして、SFと類縁関係におかれる「ファンタジー」なるジャンルがある。ではSFとファンタジーとの違いはどこにあるのか？　もちろんそれは程度の違いでしかないが、ＳＦにおいては、作中に描かれた異常な物事、異世界の実現可能性についてのある種のこだわりが残存している、と言えるだろう。

それに対してファンタジーにおいては、そのようなこだわりは吹っ切られ、虚構は虚構としてそのままに描かれる傾向が強い、と言えよう。ファンタジーではリアリティへのこだわりがない、というわけではない。ことに『指輪物語』以降のジャンル・ファンタジーにおいては、作中の虚構世界の内的一貫性、そこにおけるキャラクターたちの存在感という意味でのリアリティへの志向は、言うまでもなく極めて強い。ここで言いたいのはそのようなレベルでのリアリティではなく、作中の虚構世界と、我々が生きるこの現実世界との連続性のことである。

通常の「リアリズム」のフィクションにおいては、もちろんこの連続性は保たれている。というより作中世界はまさにこの現実世界そのものであり、「虚構」の作り事であるのは、あくまでもその中の個別的なできごとやキャラクターたちのみである、というのが「リアリズム」のお約束である。そしてそのような虚構のできごと・キャラクターたちも、我々の日常的な常識の範囲内で、いかにもありそうな、存在していても不思議がないものとして設定されている。しかしこのような連続性は、言うまでもなく意図的なものではない。

「リアリズム」の関心は、基本的にはそのようなところにはないからだ。

先に私は「いまや（純文学、エンターテインメントにかかわらず）主流文学が、かつてはSFにおいてしか許されなかった道具立てを自由に駆使できる時代になった」と書いたが、実はSF、そしてファンタジー由来の道具立てを駆使する主流文学の関心も、SFやファンタジー特有のそれとではなく、伝統的な「リアリズム」文学のそれ（が何であるのかは後述する）とこそ重なるところが大きい。非常に雑駁に言えば、SFとファンタジーの発展が主流文学にもたらしたインパクトとは「寓話の復興」とでもいうべきものである。現実にはありえないような虚構世界、という舞台設定を使うことで、逆説的に現実の人間が抱える問題を、グロテスクに、大胆にデフォルメしてクローズアップするという技法が、SFやファンタジーに慣れ親しんだ経験をもつ主流文学の書き手たち（その中にはもちろん、筒井康隆やカート・ヴォネガットのように、SF・ファンタジー出身者も含まれるし、村上春樹へのヴォネガットやスティーヴン・キングの強い影響は周知である）によって用いられ、そして同様にSFやファンタジーに慣れ親しんだ読者たちによって広く受け入れられるようになったのである。

凡庸な言い方になるが、主流文学の関心は大体において、世界そのもの、その基本構造やその本質、にではなく、世界の中のできごと、とりわけ人間的なできごとにこそある。それゆえにこそ近代の主流文学における支配的なモードは「リアリズム」であった。作家にしてみれば、虚構のできごとやキャラクターの造型にこそ精力を傾注しなければならない以上、そのできごとが起こる背景、舞台としての世界そのものの細かな構造について、いちいち考えて作りこむなどという余計な手間は避けたい、というのが道理である。だから主流文学におけるSF的、ファンタジー的な意匠の導入は、虚構世界の構築への興味が盛り上がったということを意味するわけではなく、作者と読者がSF的、ファンタジー的な虚構世界という小道具に少しばかりなれてきた、ということをこそ意味する。そしてある種の主流文学的＝人間的テーマは、たしかにこのような道具立てでこそ、効率的に表現できる場合もあった。

そしてそのような意味では、主流文学の方がSFとファンタジーを取り込んだ、というだけではなく、SFやファンタジーもまたかなりの程度主流文学化したのだ。ここでは「主流文学」という言葉を、普通にいう意味での「純文学」には限らず、通俗小説、エンターテインメントまでをも含めて理解している。つまり乱暴に言えば「人間ドラマ」を主題とする文学のことをここでは「主流文学」と呼んでいる。

SFにおける『デューン』、ファンタジーにおける『指輪物語』以降、精密に作りこまれた異世界を、作品そのものの主題というよりはむしろその背景として、異世界における人間ドラマを重厚に描くタイプの作品が登場してくるようになった。そしてそれはエンターテインメント性の強い作品に限った話ではない。ル・グィンやディレイニーなどの、やや衒学的でアレゴリカルな作品を書く、文学志向の強い書き手たちについても言えることである。

このように考えてくるならば、「リアリズム」の主流文学において、その作中世界が現実世界と連続線上にある――というより現実世界そのものとみなされる理由は、実はそれほど確固たるものではなかったのである。むしろ「リアリズム」は世界に対してノンシャランであり、積極的な関心を持たない態度だったのである。そして多くの（エンターテインメントであれ、むしろ純文学的なものであれ）主流文学化した――悪く言えば「汚染された」ＳＦにおいてもまた、このようなノンシャランスが強くなっていった。「ＳＦの浸透と拡散」とはつまりはこういう過程でもあったのだ。

しかしオーソドックスなＳＦ、とりわけハードＳＦとは、まさにこのようなノンシャランスの対極に立つ。（オーソドックスなファンタジーもまたそうなのだが、ここでそれを語る余裕はない。詳しくは拙稿「ＳＦという信仰」http://www.shiojigyo.com/en/backnumber/0410/main.cfm、または拙著『オタクの遺伝子　長谷川裕一・ＳＦまんがの世界』太田出版、を参照のこと。）ハードＳＦにおいては、この現実世界と地続きになった形での異世界、あるいは異質なできごとの構築こそが全てである。この現実世界の基本法則（狭義のハードＳＦの場合には基本的物理法則、広義のそれにおいては論理法則）が許す範囲でありうべき可能な世界、その中で起こりうるできごと、存在しうるエイリアンを描くこと、さらに逆説的にそれを通して、今現在我々が生きるこの現実世界の本質そのものにも思いをいたすこと、それこそが本格SFの「本格」性のコアであり、とりわけ現実の科学——単に現時点での研究成果などではなく、基本的なものの見方考え方、世界に対してとる構えとしての科学的精神、科学的態度をその想像力のメインエンジンとするハードSFこそは、本格SFに性根を通す心棒としての役割を担っているのだ。

こう考えるならばハードSFはまさに「主流文学」の対極に立つものである。なぜならそこにおいては「人間ドラマ」は、読み手にとっての理解、理屈よりもむしろ体感レベルでの感情移入を含めての理解をしやすくするための、単なる補助的な道具立てにしか過ぎないからだ。そしてこの志向の極北に位置するのはおそらく、オラフ・ステープルドンの『最後にして最初の人類』『スターメイカー』、またスタニスワフ・レムの『完全な真空』『虚数』などの、たとえば架空の歴史書や科学書の体裁をとり、もはや「人間ドラマ」を排除して普通の意味での——読み手による感情移入の可能性に立脚した——小説であることを拒絶した作品群になるであろう。

そう、レムのメタ文学的諸作品は、20世紀の実験文学からの影響ももちろん受けてはいるだろうが、実は前述の意味でのハードSF的科学精神（あるいは懐かしいSF評論用語を使えば「エクストラポレーション」の精神）のそのままの延長線上に位置している。

『高い城・文学エッセイ』（国書刊行会）に収録された評論を読むと、きわめて興味深いことにレムは「リアリズム」という言葉を、本稿で用いたような意味においてではなく、ある意味その対極というべき、エクストラポレーションを軸とする、ハードSF的科学精神の意味においてこそ使っているのだ。

もちろん実際には「ハードSF」と呼ばれる作品の多くは、レム的な極北からは少々遠いところにいるし、作家たち自身もそれを必ずしも目指してはいない。標準的なハードSFは比較的安っぽい、書割のような人物造型のキャラクターたちが展開する薄い「人間ドラマ」の衣をまとっており、そのことがハードSFというアプローチの潜在的な異様さを、人々の目から隠してもいるのみならず、書き手たち自身の手をも縛ってもいる。典型的にそれが現われているのが、たとえば本書の大先達にあたるハル・クレメントやロバート・フォワードのコンタクトSFであり、彼らの描く異種知性体は「ものすげー変なかっこしてても所詮頭の中はアメリカ人」とよく揶揄されたものである。

異種知性体とのコンタクトこそは、ハードSFの王道であり、その主軸を定めるテーマであるといってよい。ハードSFの主眼がありうべき異世界を描くことにあるとするとして、そのような作業は単に客観的環境のみならず、その中で生き、それを体験する主体としての異生物、異種知性を描くことによって初めて完結しうるであろう。あるいは異生物、異種知性の立場からすれば、われわれ自身が生きるこの馴染み深い世界（人間の生きる地球の生態系と人間社会）それ自体が「異世界」である。（これはクレメントの『二十億の針』『アイスワールド』のテーマであった。）

しかし言うまでもなく、所詮は人間に過ぎない我々にとって、そして我々人間の一員であるハードSF作家たちにとって、異種知性体の主観を描くという作業は、客観的環境としての異世界を描く以上の難事であった。クレメントやフォワードの素朴さは、この困難への無自覚を意味するのか、あるいはこの困難を承知した上で、あえてそこをスルーして異世界の客観的環境の構築に専念するという割り切りを意味するのか、必ずしも定かではない。そして異生物、異種知性の異質性に正面から取り組む試みは比較的希少なものとなった。その希少例たるレムは、まさに彼自身のエッセイなどを読む限りは、まさにハードSFとしてそのコンタクトSFを志向していたにもかかわらず、変な意味で哲学的（もちろんレムが哲学的ではないというわけではないが、しかしその哲学性は科学性とストレートにつながってもいる）に解される傾向が強かった。またニューウェーヴ時代に登場したイアン・ワトスンのコンタクトSFもまた、構造主義や文化相対主義のアイディアを準拠枠としていたため、そのように読まれるのがむしろ自然だったと言えよう。

このようなコンタクトSFの歴史において、本書『太陽の簒奪者』はまさに里程標的な位置を占めると言えよう。たしかに本書もまた薄めの「人間ドラマ」の衣装をリーダビリティのための方便としてまとってはいる。しかし同時に本書は明らかにクレメントやフォワードとは異なり、明確にレムの『ソラリス』の路線、レム自身はどうやら捨ててしまったらしい路線を愚直に引き継いで、異種知性体の異種性をなんとか描き出すという難事、エイリアンの理解不可能性を読者に理解させる、という試みに挑戦して、優れた成果を挙げている。

その成果はしかしまた、時代の風の後押しをも受けている。異種知性体の異種性を描くということ、そもそも異種知性体とはどのようなものであるのか、を考えてみるということそれ自体の困難さは、いまや文学的・哲学的テーマであるにとどまらず、認知科学・ロボット学などの発展を通じて、実証科学上の具体的なテーマとなっている。そうした知見を踏まえたがゆえに本書は、まさにレム的、『ソラリス』的なテーマを扱いながらも、かつてのレム、そして『ソラリス』が受けたような誤解を避けることが可能となっている。

おしむらくはここで野尻氏は、我々人間のような生き物、そして現時点での人間が構想しうる限りでのロボット（野尻氏の言葉では「適応的知性」）とは根本的に異質な存在としての「非適応的知性」としてエイリアンを描きながら、その「非適応的知性」とはどのような存在であるのか、についてのポジティブな規定をほとんど与えていない。やや辛口の言い方をすれば、ここではまだ単に言葉が投げ出されているだけであり、「非適応的知性」はまだ「概念」にはなっていない。

しかしおそらく野尻氏の頭の中には、漠然とではあれ「非適応的知性」についてのイメージは結ばれているはずだ、と私は推測する。なぜなら本書に先立つ『ふわふわの泉』の末尾において登場するエイリアンもまた、どうやら「非適応的知性」らしいからだ。両者は明らかに相似した存在として描かれている。

この「非適応的知性」を描くにふさわしい形式は一体なんであるのか？　ひょっとしたらそれはレムのメタフィクション的作品群以上に、小説としては異例、異様な形をとらねばならないかもしれない。あるいは逆に標準的ハードＳＦよりも一見チープな、スペースオペラの衣装をまとった方がいい、という可能性さえ絶無ではなかろう。いずれにせよここがハードＳＦ作家野尻抱介の正念場である。

「?」から「!」へ

作家
谷川 流

自分の話で恐縮ですが、僕はその物語のジャンルや媒体が何であれ、それまでの現実認識がひっくり返されるようなダイナミズムの含まれたものを好む傾向があります。思いっきり解りやすく言いますと「ビックリ感」のある物語です。思いも寄らない謎めいた現象がストーリーの進行に伴って理解へと至るプロセス——と言い換えてもかまいません。

著しく主観的な作品例を述べますと、たとえばロバート・J・ソウヤー『スタープレックス』における宇宙に浮かぶ巨大物体群や緑色の恒星やら謎のガラスマンや未来からのメーセージなどの、のけぞるようなエピソードが銀河創造の謎にまで行き着いて最終的にすべてが解決してしまうというぶっ飛び感とか、またはジェイムズ・P・ホーガン『星を継ぐもの』の月面で発見された一つの死体から発生した謎があれよあれよという間に人類生誕の謎まで辿り着いて、やはり解決されてしまうときに感じる腑に落ちた感とか、もしくは小林泰三「天獄と地国」（『海を見る人』収録）で主人公が自分の置かれている文字通りの立場に気づいたときの驚愕と現実崩壊感——のようなものと思っていただけると幸いであり具体例探しに頭を悩ました僕も報われるというものですが、もっともなことにそれぞれの小説内で展開される物語は当然のことながらそれぞれに異なるわけで、ただ、事件の発端でまず驚き解答を悟ってまた驚くという意味で、例に挙げたこの作品群は類似した物語構造を持っていると言ってもよいかと思います。

少なくともビックリから始まってビックリで終わり、かつ有無を言わせずねじ伏せられる説得性を伴っているという点で共通するでしょう。真相を知ることで不思議としか思えなかった出来事が不思議性を剝ぎ取られ、それまでの現実認識が崩壊した結果、一気に新たな現実が浮上し「そうだったのか！」とエクスクラメーション付きで叫んでしまいたくなる高揚感。すなわちそれが僕が言うところの「ビックリ感」です。

この『太陽の簒奪者』はそのような「ビックリ感」の連続によって構成された小説です。ある現象が発生してまず驚き、その現象の正体を教えられてさらに驚き、しかしその後に新たなサプライズの種が残り、次なる謎の提示と解明へと続いていくという、まさにダイナミズムのバックスクリーン三連発と言って過言ではありません。

実際、僕はこの小説が雑誌掲載されていた時もあえて読まずに置いておき、高まる期待感を内に秘めたまま単行本化を待ち続けて、いざ発売日に書店に自転車で全力疾走して行ったほどですが、その自分勝手な期待を上回るアベレージを叩き出してくれたという意味で、それはもう忘れがたい読書体験をもたらしてくれた一冊です。影響度で言えば、今現在の僕の精神的血肉の何パーセントかは確実にこの書で埋められています。これも過言ではないですね。

本書を読んでいて、まず最初に発生するのは「いったいそれは何なのか」という文字通り巨大なｗｈａｔなのは誰しも認めるところでしょう。人類の命運がかかった太陽系規模の異常現象を誰が何のために発動させたのか――？

それを理解した瞬間に訪れるカタルシスだけで、もう充分に楽しんだ気になるのですが、実にそこまででストーリーの三分の一にも達していないあたりに本書の壮大さがうかがい知れようというものです。実際、その次に描かれた第二の現象の意図を読みとった僕は総身に震えを感じました。彼らの取った恐懼すべき行動――ｈｏｗ――には驚愕を通り越して畏怖すら覚えます。

ここまで来たら、後は確かな科学知識によって裏打ちされた巧みでテンポのいいストーリーテリングに心地よく身をゆだねるのが正しい選択です。

第二の現象はたちどころに次なる謎に昇格し、「なぜそこまでするのか」という物語のエンディングに繋がる疑問を浮上させることになります。このｗｈｙが最終的につまびらかになった瞬間に感じる充足感、時間的空間的に途方もないスケールのビジョンが明示されたその時の精神的躍動感、それこそが本書をSFたらしめている最も重要な構成要素と言えるでしょう。

もう一つ、何よりも特筆すべきは主人公である白石亜紀のメンタリティにあります。水星の異常を発見してから十五年をかけてUNSSファランクスの搭乗員となる過程、彼女をそこまで突き動かした「知りたい」という欲求は、まさしく人間的であり、多くの人々のマインドに合致するものだと僕などは信じて疑いません。

そこに何だか解らないものがある。ならば、それが何なのかを知りたいと思う。その探求心を最後まで失わず、やがて真相を知ることのできた彼女の行動力には脱帽です。たとえどんな解答が待っているのだとしてもただ知ることを渇望する、その感情がつまり人間らしさというものではないでしょうか。

『太陽の簒奪者』をまだ読んでいない人が羨ましい。なぜなら、その人は優れたエンターテインメントでありかつ上質のSF小説を未知の状態から読む機会に恵まれているのです。

本書は、二〇〇二年四月に早川書房より単行本
として刊行された作品を文庫化したものです。

著者略歴　1961年三重県生，作家
著書『沈黙のフライバイ』『ヴェイスの盲点』（早川書房刊）『ロケットガール』『ピニェルの振り子』『ふわふわの泉』他多数

HM=Hayakawa Mystery
SF=Science Fiction
JA=Japanese Author
NV=Novel
NF=Nonfiction
FT=Fantasy

太陽《たいよう》の簒奪者《さんだつしや》

〈JA787〉

二〇〇五年三月三十一日　発行
二〇一一年三月　十五日　四刷

（定価はカバーに表示してあります）

著者　野《の》尻《じり》抱《ほう》介《すけ》
発行者　早川　浩
印刷者　大柴正明
発行所　株式会社　早川書房
郵便番号　一〇一 - 〇〇四六
東京都千代田区神田多町二ノ二
電話　〇三 - 三二五二 - 三一一一（大代表）
振替　〇〇一六〇 - 三 - 四七七九九
http://www.hayakawa-online.co.jp

乱丁・落丁本は小社制作部宛お送り下さい。
送料小社負担にてお取りかえいたします。

印刷・株式会社亨有堂印刷所　製本・株式会社フォーネット社

ISBN978-4-15-030787-5 C0193

＊本書は活字が大きく読みやすい〈トールサイズ〉です